Meiner Heimat
gewidmet

Inhalt

Die Karawane

Es war schon später Nachmittag, als sie Richtung Insel aufbrachen. Johannes lief zu Fuß voraus, die Leitkuh am Zügel führend. Die anderen Tiere folgten von selbst.

In ruhigem Schritt zog die Karawane in die scheinbar endlose Weite des Wattenmeeres hinein. Ein schwacher Nordwestwind trieb über die graubraune Ebene, und sein Wehen vermischte sich mit dem leisen Schnauben der Tiere.

Immer wieder ließ Johannes seinen Blick über den Zug der zwölf weißen Kühe gleiten, maß ihre Bewegungen und ihr Tempo. Aber auch ihre Schönheit. Denn es waren keine gewöhnlichen Kühe. Sie gehörten einer seltenen Rasse an, die sich über Jahrhunderte an der friesischen Küste herausgebildet hatte und schon fast ausgestorben war, da Lasttiere für das Watt mehr und mehr an Bedeutung verloren. Für die meisten der vorgelagerten Inseln ersetzten bereits Schiffe die Karawanen, da sie bequemere und schnellere Transportmöglichkeiten boten. Nur eine Insel lag so unzugänglich, daß sie noch nicht für größere Versorgungsschiffe erreichbar war. Für die Bewohner dort blieb die Karawane vorerst die wichtigste

Verbindung zum Festland und die einzige Möglichkeit eines umfangreicheren Warenverkehrs.

Die Wattkühe sahen den Milchrindern sehr ähnlich, waren aber im Gegensatz zu ihnen hochbeiniger und besaßen breite, flache Hufe, die verhinderten, daß sie zu tief in den Schlick einsanken. Dadurch konnten sie auch bepackt mühelos das Watt durchqueren. Ihr leichter Körperbau machte sie wendig und trittsicher, und das dichte Fell schützte sie gegen Wasser und Wind.

Johannes' Karawane gehörten die letzten Kühe dieser Rasse an. Er wußte das und hütete sie wie einen Schatz.

Immer weiter drangen sie in das Watt vor. Der Boden wurde weicher. Sie liefen nicht auf direktem Weg zur Insel, sondern mäandernd, um die tieferen Priele zu umgehen. Es gab keinen festen Pfad; bei jeder Flut verwischte das Meer seine Spuren. Dennoch verloren sie nie die Orientierung, wanderten auf den unsichtbaren Fährten ihres Gespürs.

Der Marsch erforderte viel Kraft von Mensch und Tier. Johannes kontrollierte nun häufiger, ob alle Kühe beisammen blieben und die Waren auf ihren Rücken nicht verrutschten. Auch wenn er sie immer mit größter Sorgfalt bepackte, achtete er an diesem Tag besonders genau darauf, daß keine der

Schnüre und Gurte sich durch die Bewegung lokkerten und die Waren womöglich ihren Halt verloren. Denn die Tiere trugen ein kostbares Gut, das von weit herkam. Johannes hatte mit etwas Glück davon eine größere Menge in feinster Qualität erstanden, und da er wußte, daß die anderen Händler an der Küste es ebenfalls begehrten, hatte er beschlossen, die gesamte Ladung sofort zur Insel zu transportieren. Er wollte mit seiner Karawane der erste sein, der den Menschen das Gut, dessen Besitz noch immer als etwas Besonderes galt, überbrachte.

Im Laufen ging er von einer Kuh zur anderen und prüfte die Satteltaschen. Geduldig ließen die Tiere es geschehen, prusteten leise, wenn er ihre Hälse streichelte und mit ihnen sprach. Doch er merkte, daß sie nur schleppend vorankamen, langsamer als gewöhnlich. Kleine Rinnsale bildeten sich bereits im Schlick und kündigten das auflaufende Wasser an. Mit schnalzenden Lauten versuchte Johannes, den Gang der Tiere zu beschleunigen. Sie mühten sich ab, streckten die Hälse weit vor, doch das Tempo änderte sich kaum.

Die langen Mähnen flatterten im auffrischenden Wind. Johannes zog seine Mütze tiefer in die Stirn und eilte vornüber gebeugt wieder an die Spitze der Karawane. Er verstärkte seine Rufe, klopfte einigen Kühen auf das Hinterteil. Schritt für Schritt arbeiteten sie sich voran, schwer atmend. Schaum trat vor die Mäuler. Die Muskeln der geschmeidigen Körper spannten sich unter der Anstrengung. Doch vergeblich. Die Tiere konnten nicht schneller: Knöcheltief sanken sie ein, und nur mit viel Kraft gelang es ihnen, ihre Hufe wieder aus dem Schlick zu befreien. Der schlammige Untergrund gluckste und schmatzte.

Da erkannte Johannes, daß er das Gewicht der Ware unterschätzt hatte. Die Karawane war zu schwer beladen.

Unruhig schweiften seine Blicke über die weite Ebene gen Norden. Am Horizont türmten sich schwarze Wolken auf und verdunkelten den rötlichen Abendschein. Die Insel war noch immer nicht in Sicht. Aber zum Umkehren war es zu spät, die Flut würde ihnen den Weg zum Festland abschneiden. Johannes trieb die Herde heftiger an. Wenn sie nur schon den ersten Priel durchquert hätten. Dahinter war der Boden fester und das Ziel nicht mehr weit.

Der Wind zerrte an Kleidung und Fell und zerfetzte Johannes' anschwellenden Schreie. Über ihnen kreisten Möwen.

Als sie schließlich den Priel erreichten, bemerkte Johannes sofort, daß dieser schon mehr

Wasser führte als sonst. Die Flut kam. Er blickte nach vorn, dorthin, wo die Insel lag, und er glaubte, ihre schwache Erhebung zu sehen. Vielleicht würden sie es noch schaffen.

Die Tiere, die auf sein Kommando hin zum Stehen gekommen waren, verharrten dicht zusammengedrängt. Ihr schweißnasses Fell dampfte. Noch einmal zählte Johannes durch und vergewisserte sich, daß alle zwölf da waren. Einen Moment schmiegte seine Hand sich unter die Mähne der Leitkuh, ruhte auf dem warmen Hals, der vom heftigen Herzschlag pulsierte. Dann faßte er sie am Halfter, gab das Zeichen zum Aufbruch und watete in den Priel hinein.

Johannes fühlte die starke Strömung an seinen Beinen, tastete sich langsam über den glitschigen Untergrund. Das Wasser spritzte. Nach einigen Metern blieb die Kuh stehen, wollte nicht weitergehen, aber er zog sie vorwärts, peitschte sie mit bebender Stimme, bis sie gehorchte und zögernd folgte. Keuchend schleppte er sich vor, immer tiefer, bis in die Mitte des Priels. Das Wasser reichte ihm schon bis an die Hüfte. Die Strömung zerrte an seinen Beinen, er verlor den Boden unter den Füßen, schrie und klammerte sich an das Halfter der Kuh. Brüllend riß diese den Kopf hoch, stemmte sich zurück. Die Augen weit aufgerissen, die Nüstern gebläht, so stand sie weiß leuchtend im schwarzen Strom, ein unerschütterliches Denkmal – bis auch sie wankte und stürzte.

Johannes' Hände glitten von dem nassen Leder des Halfters ab, griffen ins Leere, die Arme schlugen wild in das Wasser, das ihn fortspülte und verschluckte.

Die übrigen Tiere folgten ihrem Herrn und der Leitkuh ohne Zögern, folgten ihrem vertrauten Weg. Mit erhobenen Köpfen kämpften sie mit der über sie hereinbrechenden Flut, kämpften, solange ihre Kraft reichte, solange, bis das dunkle Wasser sie für immer in die Tiefe zog.

Von der Karawane blieb nichts außer einigen Strudeln im Strom der Gezeiten.

Vergeblich warteten die Bewohner der Insel an diesem Abend auf Johannes Ankunft. Als er bei Auflaufen der Flut noch immer ausblieb, gerieten sie in Sorge. Am nächsten Tag bei Ebbe machten sich einige Männer auf die Suche, liefen auf dem Pfad der Karawane bis zum Festland, doch keine Spur von ihr war zu finden. Als sie an Land erfuhren, daß Johannes am Nachmittag zuvor pünktlich mit seinen Kühen aufgebrochen war, wurde ihre bange Ahnung zur Gewißheit: Die Karawane war untergegangen. Keiner konnte sich erklären, was passiert war. Johannes kannte den Weg genau, auf dem er seine Tiere seit Jahren führte. Und die Zeit der Ebbe hatte immer ausgereicht, um die Insel ohne Gefahr zu erreichen.

Einige Wochen später schwemmte die See Säcke aus grobem Stoff an den Strand. Die Menschen vermuteten, daß sie von der Karawane stammten. Obwohl unversehrt und zugebunden, waren sie leer. Nur eine Aufschrift gab Aufschluß über ihren einstigen Inhalt: Salz.

Aus welchem Grund dies zum Untergang geführt hatte, blieb jedoch ein Rätsel. Niemand ahnte, welche Last der Karawane – die letzte ihrer Art – auferlegt worden war.

Die Inselbewohner litten sehr unter dem Verlust, der nicht nur den Warenverkehr zum Erliegen brachte, sondern auch die Rasse der Wattkühe, der einzigen jemals an das Wattenmeer angepaßten Lasttiere mit einem Schlag ausgelöscht hatte.

Wenig später wurde zwar der Weg für Schiffe passierbar gemacht, so daß diese die Funktion der Karawane übernehmen konnten, doch ersetzen konnten sie diese nicht. Denn sie hatte den Menschen mehr bedeutet, als bloß ein Mittel für den Warenaustausch. Sie war eine lebendige Verbindung gewesen zwischen Insel und Festland, zwischen Mensch und Tier, im Rhythmus der Natur.

Noch oft hielten die Insulaner Ausschau nach der Karawane. Und immer wieder begab es sich, daß bei Ebbe, wenn das Abendlicht über der weiten Ebene des Wattenmeeres lag und sich im feuchten Schlick spiegelte, sie im letzten Schein der untergehenden Sonne, flimmernd wie eine Fata Morgana, am Horizont auftauchte: Ein langer Zug von hochbeinigen Kühen, die im gleichmäßigen Schritt über das Watt zogen. Leise Rufe und das Schnauben der Tiere schienen herüberzuwehen …

Aber so plötzlich wie sie aufgetaucht war, verschwand sie auch wieder und verlor sich in der Dunkelheit.

Heute kennen nur noch einige ältere Küstenbewohner die Geschichte von der Karawane. Selten erzählen sie davon, hüten vielmehr ihr Wissen und schweigen aus Respekt vor der Vergangenheit. Denn der Glaube an den Geist des Gewesenen, des im Wandel der Zeit Untergegangenen schwindet immer mehr.

Die meisten jüngeren Menschen halten die Geschichte nur für ein Märchen. Und die gelegentlich auftauchende Erscheinung am Horizont nur für ein eigentümliches Wolkenband.

Die Flaschenpost

Als Friedrich die Nordseite der Insel erreichte, blieb er wie gewohnt einen Moment auf dem Kamm der Dünen stehen und warf einen langen Blick über das Meer.

Die Hände in den Taschen seiner Kordhose vergraben, sah er einem Schiff nach, das in der Ferne vorbeizog. Erst nachdem es am Horizont verschwunden war, nahm er seinen eigenen Kurs wieder auf und stapfte an den Strand hinunter.

Er wohnte schon lange auf der Insel, allein in einem kleinen Haus, das versunken in den Dünen lag, umspült von Sand und wilden Rosen. Dort fühlte er sich wohl, brauchte nicht viel zum Leben. Seine Gefährten waren der Wind und das Meer.

An diesem Morgen war das Wasser aufgewühlt, denn in der Nacht hatte es stark gestürmt. Friedrich liebte es, wenn die Nordsee wogte und nicht wie ein Tümpel vor sich hin schwappte. Doch noch etwas anderes trieb ihn so früh an den Strand: Seine Sammelleidenschaft. Voller Eifer machte er sich auf die Suche nach Treibgut. Alles, was ihm nützlich erschien, pflegte er zu horten: Holz, Plastikeimer, Dosen, Muscheln und sonstige Fundstücke. Daraus baute er skurrile Figuren, die wie geheimnisvolle Wesen seinen Garten bevölkerten und seinen windschiefen Zaun säumten. Und so oft er draußen auf der Bank neben seinem Haus saß, freute er sich an ihrer Gesellschaft.

Neugierig stöberte er nun mit der Spitze seines Gummistiefels in Algen- und Muschelteppichen herum, hob den einen oder anderen Gegenstand auf, um ihn näher zu betrachten, warf aber alles wieder fort, dies ungeeignet für seine Zwecke war.

Bis er auf eine Flasche stieß. Ihr Hals ragte zwischen Plastikfolie und einem alten Netz hervor, und nachdem er sie von Sand gesäubert hatte, erkannte er, daß sie eine Papierrolle enthielt.

Eine Flaschenpost?! dachte Friedrich. Er öffnete den Verschluß und angelte nach dem Brief. Seine Hände zitterten, als er ihn Zentimeter für Zentimeter entrollte und eine schwungvolle, fast schnörkelhafte Handschrift zum Vorschein kam. Friedrich strich das Papier glatt und begann zu lesen. Stellenweise war die Tinte etwas verwischt, dennoch konnte er den Text vollständig entziffern:

Lieber Finder! Erlöse mich! Ich bin eine Gefangene, dazu verdammt, ruhelos über die Meere zu fahren, von Küste zu Küste, ohne Heimat. Sturmumtost ist mein Haupt, hoch schlagen die Wogen an meine Brust, in der die Einsamkeit wohnt. Für einige Zeit werde ich an den Ufern der

Nordseeküste weilen und nutze deshalb die Gelegenheit, diese geschriebene Botschaft in den Schoß der See zu legen, in der Hoffnung, daß sie jemand findet und mich aus meinem Schicksal befreit.

Aurelia. Ostesiel, April 2004.

Friedrich runzelte die Stirn und kratzte sich am Kinn. „Seltsam“, brummte er. Doch gleichzeitig füllte sein Kopf sich mit Bildern, Bildern einer weiblichen Schönheit, die einsam über das Deck eines Schiffes schreitet oder an der Reling steht, den Körper weich umspielt von dem wehenden Stoff eines Kleides …

Noch einmal las er den Brief und stutzte bei dem Absender *Ostesiel*. Das war ein kleiner Ort, nicht weit entfernt von seiner Insel. Und dort wartete diese Aurelia auf ihre Erlösung? Friedrich drückte das Papier an die Brust und schloß die Augen.

Noch lange lag er wach in dieser Nacht, wälzte sich im Bett hin und her, hörte das Meer in langen Seufzern an den Strand der Insel spülen.

Als es dämmerte, stand seine Entscheidung fest: Er würde sie aus ihrer Einsamkeit befreien! Mit günstiger Strömung konnte er Ostesiel in wenigen Stunden erreichen. Er schmierte sich Käsebrote, füllte seine Thermoskanne mit Tee, packte auch eine Decke ein und verstaute alles in seinem Boot. Dann zog er den Holzkahn auf das Wasser hinaus und ruderte los. Die See war noch immer unruhig von dem vergangenen Sturm. Schaukelnd trieb das Boot durch die Täler der Wellen, wippte auf und ab, und Friedrich mußte alle Kraft aufwenden, um den Kurs zu halten. Er ruderte und ruderte, seine Gedanken kreisten. Wer war sie? Würde er sie finden und befreien können?

Endlich, nach mehreren Stunden kam Land in Sicht. Ostesiel. Friedrich atmete auf, denn seine Kräfte schwanden. Nachdem er das Boot festgemacht hatte, ging er langsam den Strand hinauf, unschlüssig, wo er die Suche beginnen sollte. Er bog auf einen Pfad Richtung Ort, kam auf die Promenade, folgte ihr und erreichte nach kurzem Fußmarsch den Hafen. Einige Boote und Fischkutter dümpelten im Wasser, und am Ende des Kais lag ein großes Segelschiff. Friedrich pfiff durch die Zähne, als er es erblickte. Voller Bewunderung schritt er vor dem Segler auf und ab, spähte an den hohen Masten empor, an denen die gelöste Takelage klappernd im Wind baumelte. Plötzlich hielt er inne. Am Rumpf des Schiffes stand in großen Buchstaben: *Aurelia*. Und im nächsten Moment stockte ihm der Atem, denn da war sie! Instinktiv wußte er, daß nur sie es sein konnte, so schön, wie er sie sich vorgestellt hatte: In ihren blauen Augen lag stille Erwartung, das goldene Haar wogte in langen Locken nach hinten, und ihr Busen wölbte sich, als wäre er vom Atem der ganzen Welt erfüllt. Augenblicklich wurde Friedrich die ganze Bedeutung der Botschaft bewußt …

Aurelia war eine Galionsfigur.

Friedrich ließ die Hände in die Hosentaschen sinken und schüttelte langsam den Kopf. Jemand hatte sich einen Scherz erlaubt! Eine ganze Weile betrachtete er die geschnitzte Figur. Dann trat er an die Gangway des Schiffes und stieg wankend die Stufen empor. Oben an Deck traf er auf einen Matrosen, kramte den Brief aus der Tasche und hielt ihn dem Mann wortlos entgegen. Als dieser das Papier erblickte, lachte er hell auf und erzählte Friedrich, daß die Seemänner aus Langeweile auf die Idee gekommen waren, eine Flaschenpost zu verschicken. Sie hätten nicht damit gerechnet, daß sie wirklich jemand finden würde.

Friedrich lächelte nur müde. Noch lange hockte er an diesem Abend auf einem Ankerpoller und starrte auf das Meer. Und immer wieder auch hinauf zu Aurelia, die am Schiffsbug thronte. Wenn sie nur nicht aus Holz wäre …, dachte er.

Nachdem die Sonne untergegangen war, kam einer der Matrosen und bot ihm an, an Bord zu übernachten. Dankbar nahm Friedrich das Angebot an, sank erschöpft in die fremden Kissen. Doch er konnte keinen Schlaf finden, mitten in der Nacht stand er auf und trat auf das vom Mondlicht überflutete Deck hinaus. Am Bug beugte er sich weit über die Reling hinab zu der Galionsfigur, die einsam über dem Wasser schwebte. Nachdenklich verweilte er bei ihr. Und dann faßte er einen Entschluß.

Es begann gerade zu dämmern, und die Besatzung des Segelschiffes schlief noch, als Friedrich von Bord schlich und sich auf den Rückweg machte. Er stöhnte unter der Last, die er über der Schulter trug und war froh, als er sein Boot erreichte. Mit aller Kraft stieß er sich ab und ruderte mit kräftigen Schlägen heimwärts. Erst als er außer Sichtweite der Küste war, ruhte er einen Moment aus und warf einen zufriedenen Blick auf seine Fracht. Ihm gegenüber saß Aurelia. Nein, er hatte sie nicht gestohlen! Er hatte sie nur von ihrem Schicksal erlöst.

Mit einer frischen Nordost-Brise und günstiger Strömung gelangte Friedrich schon bald zu seiner Insel.

„Wir sind da“, sagte er, als er Grund unter dem Kiel spürte.

„Willkommen in deiner neuen Heimat!“ Aurelia schwieg. Er zog das Boot auf den Strand, hob sie vorsichtig heraus und trug sie behutsam durch die Dünen zu seinem Haus. Nach einiger Überlegung entschied er, sie neben die Holzbank in seinem Garten zu stellen.

Dort stand sie fortan, immer lächelnd und schweigend, den Blick in die Ferne gerichtet. Oft verweilte Friedrich an ihrer Seite, die Hand auf ihrer Schulter ruhend, und sie schauten gemeinsam über die Dünen auf das Meer. In manchen Momenten schien es ihm gar, als würden ihre Haare wirklich wehen und ihre Lippen lächeln.

„Ach“, seufzte er dann, „am Meer ist nun mal die Sehnsucht zu Hause.“

Aber zumindest konnte er sie jetzt teilen.

Edzard

Vor gar nicht vielen Jahren lebte an der ostfriesischen Küste eine Silbermöwe namens Edzard.

Zusammen mit seinen Artgenossen tummelte er sich die meiste Zeit auf dem Meer, um nach Nahrung zu suchen. Der reiche Fischbestand sorgte dafür, daß keiner hungern mußte. Alle waren zufrieden. Nur Edzard nicht. Er fühlte sich zu Höherem berufen, als tagein tagaus hinter Fischen herzujagen. Das fand er viel zu mühsam und eintönig. Voller Übermut begann er, seinen Kameraden ihre Beute streitig zu machen. Er stahl ihnen die frisch gefangenen Happen direkt aus dem Schnabel. Wild kreischend verfolgten die anderen ihn, aber Edzard war schneller und jauchzte nur vor Spott und Vergnügen.

Doch irgendwann wurde ihm auch das zu langweilig. Des Gezeters und auch des Fischens überdrüssig, flog er immer häufiger an Land, um sich in einem kleinen Küstenort die Zeit zu vertreiben und seinen Hunger zu stillen. Ihm gefiel das lebhafte Treiben der Menschen, und zwischen ihren Abfällen konnte er so manche Leckerbissen finden, die eine willkommene Abwechslung von seinem üblichen Speiseplan boten. Den ganzen Tag verbrachte er auf der Promenade oder am Hafen. Nur nachts kehrte er zu seinen Artgenossen auf das Meer zurück.

Eines Morgens im Mai machte Edzard eine ganz besondere Beute: Er ergatterte ein halbes Fischbrötchen, das einem Kind aus der Hand gefallen war. Der geräucherte Fisch schmeckte ihm viel besser als der frische, selbstgefangene. So würzig. Und zusammen mit dem Brot und dieser hellen Soße – ein wahrer Genuß. Er war begeistert und beschloß, fortan nur noch Fischbrötchen zu essen.

So kam es, daß Edzard dem Meer den Rücken kehrte und sich ganz auf der Promenade des Küstenortes niederließ. Er freute sich, ein eigenes Revier zu haben und nicht mehr wie eine gewöhnliche Möwe Fischen hinterherzujagen. Er würde von nun an auf bequemere Weise satt werden.

Auch wenn die Leute ihm ihre Fischbrötchen nicht freiwillig überließen, kostete es ihn nur wenig Mühe, an seine Beute zu kommen. List und Geschicklichkeit halfen ihm dabei. Er fand schnell heraus, daß er nur warten und im richtigen Moment zupacken mußte.

Auf einem Pfahl am Hafen, gegenüber von *Jonnys Fischbude*, saß Edzard auf der Lauer. Von dort aus hatte er alles im Auge. Wenn er sah, daß sich jemand ein Fischbrötchen kaufte, lief ihm schon das Wasser im Schnabel zusammen. Er blieb jedoch ruhig sitzen und ließ sich nichts anmerken, stellte sich meist schlafend, mit halbgeschlossenen Lidern seinen Opfern hinterherschielend. Wenig später erhob er sich von seinem Pfahl und flog unauffällig einige Runden über ihre Köpfe hinweg. Besonders bei älteren Leuten und Kindern konnte er leicht Beute machen, denn sie schlenderten meist sorglos umher und schenkten ihre Aufmerksamkeit mehr der Umgebung als dem Essen. Blitzschnell stürzte er sich dann hinab und riß den Leuten das Fischbrötchen so überraschend aus den Händen, daß sie gar nicht wußten, wie ihnen geschah. Und bevor sie reagieren konnten, war er längst hinter dem Deich verschwunden und verschlang hastig seine Beute. Manchmal flog er sogar noch demonstrativ eine Ehrenrunde über die verblüfft nach oben starrenden Gesichter und freute sich über seinen Sieg. Manche fluchten und drohten ihm, doch das beeindruckte ihn wenig, denn in der Luft konnten sie ihm nichts anhaben.

Wenn er wieder auf seinem Stammpfahl saß, schien es ihm manchmal, als ob Jonny, der Imbißbesitzer, ihm böse Blicke zuwarf. Edzard konnte das nicht verstehen, schließlich verhalf er ihm doch zu größerem Umsatz, sofern die Leute sich ein neues Fischbrötchen kauften. Dieses blieb allerdings, das war sein heiliger – und einziger – Grundsatz, vor seinem Schnabel verschont. Er lachte sich dann heimlich ins Fäustchen, wenn er die Menschen geduckt über die Promenade laufen und jede Möwe ärgerlich verscheuchen sah, während er seelenruhig auf seinem Platz döste und sich von der Piraterie erholte.

Edzards Vorliebe für Fischbrötchen und seine Jagdmethoden sprachen sich unter den anderen Möwen schnell herum. Neugierig kamen sie an und beobachteten sein Treiben.

Einige jüngere bewunderten ihn und versuchten, ihm nachzueifern, doch keine konnte ihm Konkurrenz machen. Die Älteren hingegen verübelten ihm seinen Hochmut und schimpften über seinen ungesunden Lebenswandel.

„Du Dieb!“ riefen sie. „Lebst auf Kosten anderer und ernährst dich von solch ungesundem Zeug. Du wirst schon sehen, wo das hinführt.“

„Ihr seid ja nur neidisch“, höhnte er und lachte darüber, daß sie sich den ganzen Tag abmühten, um von rohem Fisch satt zu werden.

Viele nannten ihn nur noch *Fischbrötchen-Edzard*, was er stolz zur Kenntnis nahm. Bald jagte er nicht mehr, weil er Hunger hatte, sondern aus Ehrgeiz.

Wenn Edzard nicht gerade auf Raubzug war, saß er faul auf seinem Pfahl und schlief. Satt und selbstzufrieden verlebte er den Sommer in dem friesischen Küstenort und bemerkte gar nicht, daß er von den vielen Fischbrötchen immer dicker wurde. Zwar schien ihm sein Flug etwas schwerfälliger, doch das schob er auf die Hitze.

Aber eines Tages, als er sich in die Luft erheben wollte, fiel er, plump wie ein Sack, zu Boden. Erschrocken rappelte er sich auf, schlug wild mit den Flügeln und versuchte sich abzustoßen, aber es nützte nichts. Er war zu schwer zum Fliegen. Mit unruhigen Augen sah er sich um, denn auf dem Boden fühlte er sich gar nicht so sicher wie in der Luft. Wenn er nicht fliegen konnte, konnte er auch nicht fliehen. Und wie sollte er jetzt Fischbrötchen jagen?

Betrübt kauerte Edzard neben dem Pfahl und grübelte, als ihm ein Brocken Brot vor den Schnabel fiel. Verdutzt sah er in das Gesicht einer älteren Dame auf, die den Kopf schief legte und ihm noch weitere Krumen zuwarf. Erfreut pickte er danach, denn er hatte an diesem Morgen noch nichts gegessen. Auch andere Passanten versorgten ihn mit Resten, und Edzard stellte erstaunt fest, wie einfach es war, etwas zu Fressen zu bekommen, ohne einen einzigen Flügelschlag dafür zu tun. Er mußte nur ein bißchen bedauernswert schauen.

Und schon am nächsten Tag stolzierte er über die Promenade und bettelte mit flehenden Blicken die Spaziergänger an, die ihn bereitwillig fütterten. Gierig stopfte er alles in sich hinein, was man ihm vorwarf: Pommes, Kuchen, Brotkrumen, sogar Bonbons, und ab und zu auch ein Stück Fischbrötchen. Er hatte zuletzt im Schnitt vier Stück davon am Tag vertilgt und war entsprechend hungrig. Aber durch diesen ungesunden Fraß und die mangelnde Bewegung – denn er konnte ja nicht mal mehr seinen abendlichen Verdauungsrundflug machen – wurde Edzard noch dicker. Richtig fett.

Der Herbst kam, und langsam ging die Feriensaison zu Ende. Die Urlauber verließen den Küstenort, und nach und nach schlossen die Buden am Hafen. Auch Jonnys Imbiß. Es gab kaum noch Leute, die Edzard fütterten, Abfälle und Reste wurden rar. Den ganzen Tag lief er umher und suchte, aber außer einigen Krümeln fand er nichts. Mit knurrendem Magen verkroch er sich abends unter der Fischbude.

Es begann eine harte Zeit für ihn. Das erste Mal in seinem Leben mußte er hungern. Allein und frierend verbrachte er die Zeit auf der Promenade. Die anderen Möwen zeigten keinerlei Mitleid und überließen ihn seinem Schicksal.

Plötzlich wünschte Edzard sich nichts sehnlicher, als wie früher auf das Meer hinauszufliegen und Fische zu fangen.

Nach ein paar Tagen schon begann er abzumagern, wurde dünner und dünner. Er fühlte, wie er an Leichtigkeit gewann und prüfte jeden Tag, ob er schon wieder fliegen könnte.

Und endlich war es soweit. Aufgeregt flatterte er mit den Flügeln und schwang sich in die Höhe. Doch er war so geschwächt vor Hunger, daß er nach einigen Metern unsanft zu Fall kam. Ein alter Mann, der ihn wohl beobachtet hatte, trat näher und legte dem erschöpften Tier ein Stück Fischbrötchen vor. Voller Ekel wandte Edzard sich ab. Nie wieder wollte er davon essen! Er nahm all seine Kraft zusammen, erhob sich aufs Neue und flog mit zitternden Flügelschlägen davon.

Seit diesem Tag ward er an der Küste nicht mehr gesehen. Aber einige Möwen berichteten, daß sie ihn weit draußen auf offener See gesichtet hätten, wo er ein Dasein in völliger Einsamkeit friste und, abseits von Menschen und Möwen, auf die tägliche Jagd nach Fisch gehe.

Das Buddelschiff

Die Ladenglocke schellte. Helga legte das Kreuzworträtsel beiseite, erhob sich von ihrem Stuhl und trat hinter dem Vorhang hervor, der den Laden von dem hinteren Privatraum trennte. In der Tür stand ein Mann. „Guten Tag“, sagte er mit einem harten Akzent und verbeugte sich.

„Moin“, antwortete Helga und musterte den Fremden über den Rand ihrer Lesebrille hinweg. Er war in ein langes Gewand gehüllt und trug auf dem Kopf einen weißen Turban. Seine Haut war dunkel, seine Augen schwarz.

„Darf ich mich ein wenig umsehen?“

„Bitte“, sagte Helga und ließ sich auf dem Hocker hinter dem Ladentisch ihres kleinen Souvenirgeschäftes nieder. Ihr Blick folgte jeder Bewegung des Fremden, der ihr nicht wie ein gewöhnlicher Urlauber erschien, und sie überlegte, woher er wohl kommen möge und was er in ihrem kleinen Ort an der friesischen Küste wollte.

Der Mann schritt an den Regalen entlang und betrachtete ausgiebig die Fülle der angebotenen Artikel. Plötzlich lachte er hell auf. In der Hand hielt er eine der Schneekugeln mit eingeschlossenem Landschaftspanorama, in der beim Schütteln Glitzerteilchen umherwirbelten. Immer wieder schüttelte er die Kugel und verfolgte gebannt den künstlichen Schneesturm. Ein breites Lächeln entblößte seine weißen Zähne.

Was ist denn daran so komisch? dachte Helga. Sie stand auf, trat an eines der Regale und rückte einige Dinge zurecht, wobei sie den Mann aus den Augenwinkeln weiter beobachtete.

Er beäugte jedes Ding, wühlte lange in einem Körbchen mit Muscheln und entdeckte schließlich ein Buddelschiff, das er mit einem Ausruf des Staunens in die Hände nahm und in die Höhe hielt.

„Was ist denn das?"

„Ein Buddelschiff", erwiderte Helga.

„Ein Buddelschiff?"

„Buddel ist Plattdeutsch und bedeutet Flasche. Ein Buddelschiff ist eben eine Flasche mit einem Schiff darin."

Er schüttelte den Kopf. „Das arme Schiff! Eingesperrt in einer Flasche! Wie in Allahs Namen kommt es dort hinein?"

Helga zuckte zusammen. Allah? dachte sie. Etwa ein Moslem …? Mein Gott!

„Allah hat damit gar nichts zu tun. Das ist seemännische Liebhaberei und Geschicklichkeitsarbeit", antwortete sie und sah mit zusammengezogenen Augenbrauen zu, wie er die Flasche bewundernd zwischen den geschmeidigen Fingern drehte und wendete. Wenn er sie nur nicht fallen ließ!

„Müssen Sie alles anfassen? Am Ende geht noch etwas kaputt."

Erstaunt sah der Mann sie an. „Verzeihen Sie", entgegnete er mit ruhiger Stimme. „Aber es gibt Dinge, die muß man spüren, um sie wirklich zu erkennen. Was meine Hand berührt, findet auch leichter den Weg in mein Herz."

Als er daraufhin seine Hand ausstreckte, wich Helga zurück. Einen Moment sah sie ihn verwirrt an, bevor sie zurück zu ihrem Platz ging, eine Zeitschrift ergriff und wahllos darin blätterte. Ihr Fuß wippte. Doch ihre Aufmerksamkeit blieb bei dem ungewöhnlichen Kunden. Beständig schielte sie zu ihm hinüber.

Der Mann stöberte weiter in den Regalen, und erst nach einer ganzen Weile, die Helga wie eine Ewigkeit erschien, kam er mit dem Buddelschiff an die Kasse.

„Das soll's sein?" Sie tippte den Preis ein. „Das macht 18,60."

Der Fremde kramte unter seinem Umhang ein kleines Stoffbündel hervor, öffnete es und schüttelte einige Münzen auf den Holztresen. „Nehmen Sie diese Goldstücke als Preis für Ihre Waren."

Helga rückte ihre Brille zurecht und starrte auf die glänzenden Taler. „Gold? Das ist doch bestimmt nicht echt …"

„Natürlich ist das echt!"

„Aber Sie können hier nur mit Euro bezahlen. 18 Euro und 60 Cent!" Ihr Zeigefinger tippte mehrmals an die Digitalanzeige der Kasse.

„Etwas anderes habe ich zum Bezahlen nicht bei mir. Dann müßte ich morgen noch einmal wiederkommen …", sagte der Fremde und sah sie mit seinen schwarzen Augen erwartungsvoll an. Helga zuckte nur mit den Schultern.

Wortlos steckte er die Münzen zurück in den Beutel, nickte Helga zu und ging zur Tür, wo er sich noch einmal umwandte mit den Worten: „Allah Akbar. Gott ist barmherzig", sich verneigte und verschwand.

„Betrüger", flüsterte Helga. „Der kommt bestimmt nicht wieder. Der hat wohl geglaubt, ich falle auf seinen Trick herein. Von wegen Gold …"

Seit zwanzig Jahren führte sie den Laden in dem kleinen Küstenort, aber so etwas hatte sie noch nie erlebt. Sie stellte das Buddelschiff zurück in das Regal und vertiefte sich wieder in ihr Kreuzworträtsel. Der restliche Nachmittag verlief ruhig, nur wenige Kunden betraten das Geschäft in der Seitenstraße. Ihr war das nur recht.

Am nächsten Vormittag, Helga trank gerade Tee, schepperte die Ladenglocke, und eine leise Stimme fragte: „Hallo?"

Helga horchte auf. Dieser Akzent … Sie zerrte den Vorhang zur Seite und tatsächlich: da stand er wieder, der Mann mit dem Turban, und verbeugte sich lächelnd. „Guten Tag", sagte er höflich und, als sein Blick in das hintere Zimmer auf den Tisch mit der Teekanne fiel: „Ich störe Sie hoffentlich nicht?"

„Nein, nein." Helga zog schnell den Vorhang zu.

„Ich bin gekommen, um das Buddelschiff zu bezahlen. 18 Euro und 60 Cent." Er zückte einen Schein und legte ihn zusammen mit dem abgezählten Kleingeld auf den Tresen. Helga hielt den Schein prüfend gegen das Licht und nickte. „In Ordnung. Warten Sie, ich hole Ihnen das Buddelschiff." Als sie es vor ihn auf den Tresen stellte, lachte er so ungehemmt, daß es ihn schüttelte und sein Turban zitterte. „Das ist wirklich ein kurioses Ding. So etwas gibt es bei uns nicht."

„Woher kommen Sie denn?"

„O, von weit her! Aus dem Orient …"

„Und was hat Sie ausgerechnet hierher verschlagen?"

„Ich bin auf der Durchreise und flog zufällig hier vorbei. Von oben sah alles recht hübsch aus, und ich dachte, diesen Ort müßte ich mir einmal genauer ansehen."

„Sie haben dieses Dorf vom Flugzeug aus gesehen?"

„O nein, ich pflege auf meinem Teppich zu reisen", erwiderte der Mann schmunzelnd.

Helga erstarrte. Ihre Augen verengten sich zu Schlitzen, ihr Atem beschleunigte. „Auf einem Teppich? Jetzt reicht es aber. Ich lasse mich nicht länger von Ihnen zum Narren halten!" Mit zitternden Händen sortierte sie das Geld in die Kasse ein.

„Sie glauben mir nicht?"

„Nein!"

„Ich könnte Sie mal mitnehmen, wenn Sie möchten."

„Nein", wiederholte Helga scharf, während sie Tesafilmrolle, Schere und Einwickelpapier auf dem Ladentisch zurechtrückte.

„Schade." Der Mann nahm das Buddelschiff und verabschiedete sich mit der üblichen Verneigung. „Salaam aleik – Friede sei mit dir!" Dann verschwand er fast lautlos.

Als Helga die Tür ins Schloß einrasten hörte, atmete sie auf und sank erschöpft auf ihren Hokker. „Unverschämter Kerl“, brummte sie. „Mir so einen Bären aufzubinden. Und ich falle auch noch darauf rein.“ Kopfschüttelnd rieb sie sich die Schläfen. Sie kochte sich einen Tee zur Beruhigung, doch während sie ihn in kleinen Schlucken trank, tauchte immer wieder ungewollt das Bild des Fremden vor ihr auf. Sie sah seine schwarzen, sanften Augen mit dem geheimnisvollen Leuchten, seine höflichen Gesten …

„Aber ein fliegender Teppich – das geht entschieden zu weit“, riß sie sich aus ihren Träumen, knallte die Tasse auf den Unterteller und machte sich an den Abwasch.

Am darauffolgenden Tag, kurz vor der Mittagspause, stand er schon wieder da, der Mann mit dem Turban, diesmal mit einem Teppich über der Schulter. „Ich bin gekommen, um noch eines von diesen Flaschenschiffen zu kaufen. Ich hoffe, es stört Sie nicht, wenn ich meinen Teppich für einen Augenblick hier ablege.“ Ohne eine Antwort abzuwarten, warf er ihn auf den Boden, wo er dumpf aufschlug, sich ein Stück entrollte und ein farbenfrohes Muster sichtbar werden ließ.

Helga schnappte nach Luft. „Ist das Ihr fliegender Teppich?“ fragte sie spöttisch.

„Ja, das ist er. Und wenn Sie wollen, lade ich Sie zu einem Rundflug ein. Kommen Sie!“ Er streckte Helga die Hand entgegen, doch sie verschränkte die Arme vor der Brust und schüttelte den Kopf.

„Nun kommen Sie schon! Sie müssen keine Angst haben, es kann überhaupt nichts passieren“, sagte er beruhigend, schwang den Teppich wieder über die Schulter und ging hinaus.

Angst? Sie? Nein! Und was sollte schon passieren! Teppiche können schließlich nicht fliegen. Helga folgte ihm also nach draußen, wo er das bunte Gewebe bereits entrollt hatte und sie mit einer einladenden Geste hinaufbat. Entschlossen trat Helga auf das rotblaue Muster.

„Und jetzt?“

„Sie müssen sich hinsetzen.“

Nachdem sie sich vergewissert hatte, daß niemand in der Nähe war, kniete Helga nieder und ließ sich auf die Fersen sinken. Er nahm im Schneidersitz neben ihr Platz. „Und nun halten Sie sich fest!“ Er schloß die Augen und begann, unverständliche Worte zu murmeln. Doch nichts geschah. Helga verzog den Mund und stieß verächtlich Luft durch die Nase. „Hab ich mir doch gleich gedacht, daß Ihr Teppich nicht fliegen kann!“

Er öffnete die Augen. Das Fröhliche darin war einer Traurigkeit gewichen, die Helga verstummen ließ. Eine Weile sah er sie wortlos an. Dann sprach er leise: „Der Teppich wird nicht fliegen, solange Sie nicht daran glauben. Man muß an etwas glauben, damit es Wirklichkeit wird."

Helga senkte den Blick. Ihr triumphierendes Gefühl wich einer lähmenden Hilflosigkeit. Sie wollte etwas Entschuldigendes sagen, aber sie wußte nicht, was. Er schwieg, und dieses Schweigen und der Ausdruck seiner Augen lagen wie eine schwere Last auf ihr. Sie hob die Hände und ließ sie wieder in den Schoß fallen. Vorsichtig stand sie auf. Sie verharrte einen Moment, wartete auf ein erlösendes Wort oder einen Blick, doch er rührte sich nicht und schaute in die Ferne. Heiser flüsterte sie einen Abschiedsgruß und ging langsam zum Laden zurück. An der Tür fiel ihr plötzlich der Grund seines Kommens wieder ein, und mit sich fast überschlagender Stimme rief sie: „Das Buddelschiff! Sie wollten doch noch ein Buddelschiff haben!"

Sie holte das Größte und Schönste ganz oben aus dem Regal und eilte damit wieder nach draußen. Der Fremde war verschwunden. Helga blickte sich suchend nach allen Seiten um, es gab aber keine Spur von ihm. Bis sie plötzlich seine

Stimme über sich hörte: „Sie hätten ein bißchen mehr Vertrauen zu mir haben sollen!“

Sie schaute auf und zuckte zusammen. Über ihr in der Luft schwebte er auf seinem Teppich und winkte. „Ich muß mich jetzt verabschieden, denn vor mir liegt noch eine weite Reise. Leben Sie wohl!“ Der Teppich bäumte sich auf. „Und vergessen Sie nicht: Nur wer ein offenes Herz hat, kann sich vom Reichtum der Welt beschenken lassen!“

Mit diesen Worten flog er davon. Helga hob flüchtig die Hand zum Abschied. Sie sah ihm noch lange nach, erfüllt von dem Gefühl tiefer Einsamkeit. Sie merkte nicht, wie ihr das Buddelschiff, das sie ihm hatte schenken wollen und immer noch umklammert hielt, aus den Händen glitt. Klirrend schlug die Flasche auf dem Pflaster auf und zerbrach. Das Schiff lag in einem Haufen von Scherben – befreit.

Helga kehrte in ihren Laden zurück und ließ sich auf einen Stuhl fallen. Düster und bedrückend erschien ihr alles. In den Regalen, die in mehreren Reihen im Raum standen, stapelten sich bis zur Decke die verstaubten Geschenkartikel und ließen kaum noch Licht in die hinteren Ecken durchdringen. Da erst wurde ihr bewußt, wie zurückgezogen und eingeschlossen ihr Leben geworden war.

Helga hatte den Eindruck, ersticken zu müssen und wünschte sich, auch einfach auf einem Teppich davonzufliegen. Seine Worte klangen noch in ihren Ohren: „Nur wer ein offenes Herz hat, kann sich vom Reichtum der Welt beschenken lassen!"

Lange sann Helga nach. Schließlich stand sie auf, atmete tief durch, zog den Vorhang hinter dem Ladentisch zur Seite und band ihn mit einer Schnur fest. Und dann begann sie, jeden Artikel abzustauben, altes, unverkäufliches Zeug auszusortieren und alles neu und übersichtlich zu dekorieren. Bis spät in die Nacht hinein.

Als sie am nächsten Morgen ihr Geschäft betrat, schien es weiter und lichter geworden zu sein. Die Ladentür ließ sie offen stehen.

Schon wenig später kam ein erster Kunde. Helga ging erwartungsvoll nach vorne, als sie die Glocke hörte, und im ersten Moment, geblendet von dem durch die Tür hereinfallenden Licht, glaubte sie, Turban und Gewand des Fremden zu erkennen, doch es war ein älterer Herr in Mantel und mit Hut. Helga begrüßte ihn herzlich, fast überschwenglich und half ihm bei der Auswahl eines Andenkens. Sie kamen ins Gespräch, und da Helga plötzlich spürte, wie lange sie schon keine

Gesellschaft mehr gehabt hatte, lud sie ihn noch zu einer Tasse Tee ein.

Fortan blieb die Tür ihres kleinen Souvenirgeschäftes immer geöffnet. Jeder war willkommen. Und auch wer nichts kaufte, fühlte sich beim Verlassen des Ladens von der Aufmerksamkeit und Güte Helgas reich beschenkt.

Das Buddelschiff ohne Flasche stand auf dem Ladentresen. Als Erinnerung und Mahnung zugleich. Noch lange hoffte Helga auf die Rückkehr des geheimnisvollen Fremden, doch er tauchte nie wieder auf.

Konservierte Liebe

Vor vielen Jahren, als der Fischfang noch das Leben der Menschen an der Nordsee prägte, lebte in einem kleinen Küstenort die Witwe Annemarie. Ihr Mann, der Fischer Onno, war eines Tages, nach einer stürmischen Nacht, nicht von der See zurückgekehrt.

Annemarie wollte seinen Tod lange nicht wahrhaben und gab die Hoffnung nicht auf, daß er lebend wiederkäme. Noch wochenlang nach dem Unglück stand sie jeden Tag wartend am Deich und hielt Ausschau. Aber der rotweiße Kutter und ihr Mann blieben für immer verschwunden.

In tiefer Trauer verbrachte sie die folgenden Jahre allein in ihrem Haus und litt unter der Einsamkeit. Überall, im Ehebett, am Küchentisch und auf dem Sofa in der guten Stube hatte sie das Gefühl, daß die Möbel Schlagseite bekämen.

Obwohl sie selten Besucher empfing, deckte Annemarie stets eine zweite Tasse auf, wenn sie Tee trank – für das Gleichgewicht und für den Fall, daß ihr Mann vielleicht doch noch heimkäme.

Sie konnte nicht aufhören, an ihn zu denken. Jeden Tag ging sie auf den Deich, stand dort an seinem Grab, der See, und betete still in den

Wind. Nichts war ihr von ihm geblieben als die Erinnerung an den letzten Blick, an jenem Abend, bevor er das Haus verlassen hatte und zum Hafen gegangen war.

Doch manchmal geschehen Wunder.

Eines Morgens, an einem Freitag im Mai, als Annemarie wie gewöhnlich am Hafen Fisch einkaufen wollte und mit geübtem Blick die Ware begutachtete, fiel ihr ein besonders großer Hering auf, der heftig zappelte und mit der Schwanzflosse schlug. Seine Augen quollen hervor und schienen sie erwartungsvoll anzuschauen. Annemarie stutzte. Irgend etwas in diesem Blick war ihr vertraut. Dieser gutmütige Ausdruck voller Zärtlichkeit. Genauso hatte ihr Onno auch immer geschaut. Und plötzlich durchzuckte sie ein ungeheuerlicher Gedanke: War dieser Fisch womöglich ihr Mann?

„Frische Heringe“, rief der Verkäufer und wollte gerade eine weitere Ladung auf den Verkaufstisch schütten. Annemarie schrie auf, packte schnell den glitschigen Fischleib und hielt ihn mit beiden Händen fest.

„Der soll’s sein?“ fragte der Mann.

„Ja, der und sonst keiner“, flüsterte sie mit zitternder Stimme und bezahlte.

Sie wartete nicht, bis der Verkäufer den Hering in Papier eingeschlagen hatte, sondern barg das zappelnde Tier unter ihrem Mantel und eilte, ihn fest an ihre Brust pressend, nach Hause. Dort ließ sie ihn in die Spüle gleiten. Wieder sah sie seine großen schönen Augen auf sich gerichtet. Ja, er war es, ihr Onno. Da bestand kein Zweifel mehr. Was auch immer ihm da draußen in jener Nacht geschehen war – er war wieder auferstanden und lebte nun in Gestalt eines Fisches fort. Er war den Fluten der Nordsee entkommen und zu ihr zurückgekehrt. Er hatte sich in einem Netz fangen lassen und darauf vertraut, daß sie ihn finden würde. Und sie hatte ihn gefunden, hatte ihren Onno zwischen all den anderen Heringen erkannt. Nicht auszudenken, wenn er jemand anderem in die Hände gefallen wäre …

„Freust du dich, wieder zu Hause zu sein?" fragte sie und strich ihm sanft über den schuppigen Leib. Sein Maul öffnete und schloß sich ein paar Mal, ansonsten bewegte er sich nicht.

„Du trocknest ja aus", rief Annemarie erschrocken und drehte schnell das Wasser an, um das Spülbecken zu füllen. Wild kreisend drehte der Fisch sich in dem rauschenden Strahl.

Als das Becken voll war, machte Annemarie den Hahn wieder zu. Der Hering trieb leblos im

Wasser. Auch als sie ihn mit dem Zeigefinger antippte, rührte er sich nicht. Seine weit aufgerissenen Augen blickten ausdruckslos ins Leere. Fassungslos starrte Annemarie ihn an. Ihr Onno! Tot in der Spüle! Was für ein Ende …

Vorsichtig hob sie ihn heraus, setzte sich an den Küchentisch und bettete ihn in ihren Schoß auf die Schürze. Bittere Tränen benetzten seine matte Haut, während sie ihn streichelte. Ein zweites Mal hatte sie ihn auf tragische Weise verloren, ihren geliebten Mann. Der einzige Trost war, daß sie diesmal von ihm Abschied nehmen konnte. Und er würde bei ihr bleiben, nie wieder würde sie ihn hergeben!

Aber wo sollte sie ihn aufbewahren? Und vor allem wie? Sie konnte ihn ja schlecht liegenlassen, denn dann würde er zu stinken beginnen. Sie überlegte und überlegte. Und schließlich kam ihr die rettende Idee.

Annemarie legte den Hering auf das große Holzbrett und nahm das Küchenmesser. Als sie es am Bauch ansetzte, zögerte sie einen Moment. Das erste Mal hatte sie Mitleid mit einem Fisch, und es kostete sie einige Überwindung, ihn wie gewohnt aufzuschneiden. Er war immerhin ihr Mann. Als das Blut in die Spüle rann, schluchzte sie auf. „Verzeih mir, Onno, aber es ist das Beste für dich.“

Mit geschickten Griffen nahm Annemarie ihn aus, filetierte ihn, rollte die Scheiben auf und hielt sie mit einem Holzspießchen zusammen. Dann legte sie die gerollten Heringsfilets zusammen mit dem Kopf in ein Einmachglas, goß alles mit einer gekochten Marinade aus Essig und Gewürzen auf, schnitt etwas saure Gurke hinein und schraubte den Deckel fest zu.

„Ach, Onno“, seufzte sie. „Wer hätte gedacht, daß du eines Tages als deine Lieblingsspeise enden würdest?“

Von diesem Tag an fühlte Annemarie sich nicht mehr einsam. Ihr Onno war stets bei ihr. Wenn sie in der guten Stube saß und Tee trank, sah sie immer wieder voller Zärtlichkeit zu dem Regal hinüber, in dem das Einmachglas mit Rollmops stand, aus dem er ihr mit sanftem Blick entgegensah.

Annemarie aß nie wieder Fisch. Wenn sie an den Ständen am Hafen vorüberging, schienen alle Augen sie anzuflehen, und sie meinte, darin das Antlitz eines toten Fischers zu erkennen.

Und auch die eingelegten Fischkonserven rührte sie nicht mehr an. Wer wußte schon, wer da in Senfsoße oder Dillmarinade seine letzte Ruhe gefunden hatte?

Grüner Fang

Marlene sah von ihrem Buch auf und blickte hinüber zum Haus. Ihr Vater saß noch immer auf der Holzbank unterm Küchenfenster und starrte in die Ferne. Aus seinem Mundwinkel hing müde die Pfeife, und nur, wenn er daran zog oder sie nachstopfte, löste sich seine hagere Gestalt für einen Augenblick aus ihrer Regungslosigkeit.

Marlene wußte, daß er in Gedanken auf dem Wasser war, daß er auf seinem Kutter stand und den Kurs hielt.

Sie gab der Hängematte einen Schwung und schloß die Augen.

Seit ihr Vater nicht mehr zur See fuhr, dümpelte er in Schwermut. Oft saß er stundenlang mit abwesendem Blick da und rauchte, während er sich schweigend auf den Wellen der Erinnerung durch den Tag treiben ließ. Ein alter Fischer auf dem Trockenen.

Marlene war froh, daß er nicht mehr auf dem Kutter arbeitete. Sie haßte Fisch und hatte sich stets geekelt, wenn der Vater vom Fang zurückkehrte und das Haus mit seinem strengen Geruch erfüllte. Seinen schwieligen Händen, die sich ihren Wangen zur Begrüßung näherten, war sie ausgewichen und hatte sich windend seinen Liebkosungen entzogen. Ihr Vater hatte es stillschweigend hingenommen.

Nur als kleines Kind war sie voller Begeisterung für seinen Beruf gewesen. Sie erinnerte sich, wie sie ihn an den Hafen begleitet, stolz auf dem Kutter gestanden und mit ihm gemeinsam Granat gepult hatte. Doch das war lange her.

Nun hörte sie ihren Vater seufzen. Er hatte die Pfeife aus dem Mund genommen und schaute einer Möwe am Himmel nach. Manchmal tat er ihr leid, wie er so verloren dasaß. Doch sie hatte es aufgegeben, ihn zu irgend etwas zu motivieren.

Er stand auf, schritt langsam in den Garten und verharrte vor einem der Gemüsebeete. Eine Hand in der Hosentasche, betrachtete er die Reihen aus Kartoffeln, Möhren und Bohnen.

Es ist Zeit, dachte Marlene. Gleich würde er auf die Uhr sehen und sich verabschieden. Würde wieder hinuntergehen zum Hafen und die heimkehrenden Fischkutter erwarten, abseits stehend beobachten, wie die jungen Burschen ihren Fang ausluden. Er kehrte dann immer spät zurück und roch nach Schnaps, was noch schlimmer war als Fisch. Wann verstand er endlich, daß sein Leben auf See vorüber war?

Ihr Vater bückte sich und zupfte an einem der Netze, die zum Schutz vor Vögeln über die Beete gespannt waren.

„Ich glaube, die Bohnen sind reif", sagte er und schaute zu ihr hinüber. Ihre Blicke trafen sich. Marlene nickte bloß.

Er sah wieder auf das Beet und zog an der Pfeife.

„Es wird Zeit, sie zu ernten."

Sie schwieg, betrachtete seinen leicht nach vorne gebeugten Oberkörper, den gekrümmten Rücken.

„Wir könnten sie später gemeinsam pulen – so wie früher …"

„So wie früher den Granat?" fragte Marlene. Bei diesen Worten leuchteten seine Augen auf. Sie erhob sich und trat neben ihn, drückte die Hand fest auf seine Schulter. „Ja, Vater. Es ist Zeit."

Der Verrat

Siebo ließ das Fernglas sinken. Das Schiff, das den Leuchtturm ansteuerte, kam schnell näher und war jetzt schon mit bloßem Auge zu erkennen.

Eine Weile lehnte der Wärter noch am Geländer der oberen Galerie des Leuchtturms, dann ging er hinein und begab sich eine Etage tiefer in den Wohnbereich.

Wie jeden Samstag hatte Siebo schon alles vorbereitet: den Tisch vom Fenster abgerückt, von Staub befreit, die kleine Leselampe bereitgestellt und einige Bücher herausgesucht. Vier dicke, in Leder gebundene Schriften, darunter die *Chronik der Landgewinnung* sowie die *Ostfriesische und friesische Historie*. Er wußte, daß der Professor gern auf diese Werke zurückgriff.

Mittlerweile hatte das Schiff den Leuchtturm fast erreicht. Siebo goß Tee auf und stieg die Stufen der Wendeltreppe zur Eingangstür hinab, wo er auf die Ankunft seiner Freunde wartete.

Mit einem Sprung setzten die beiden vom Schiff auf den Sockel des Leuchtturms über und kletterten die Außenleiter bis zum Einstieg empor.

„Guten Morgen!“ rief Hans, der Professor.

„Moin Moin.“ Siebo packte den schlanken, älteren Mann am Arm und half ihm über die

Schwelle. Gleich darauf stemmte sich auch Friedrich, von etwas beleibterer Statur, über den oberen Absatz der Metalleiter, richtete sich schnaufend auf und begrüßte Siebo mit einem festen Handschlag. Sie traten ein, und nachdem der Leuchtturmwärter sorgfältig die Tür hinter ihnen geschlossen hatte, stiegen sie gemeinsam hoch.

Wie immer saßen sie zunächst bei einer Tasse Tee zusammen. Friedrich, noch außer Atem von dem Aufstieg, wischte sich mit einem Taschentuch den Schweiß von der Stirn.

„Deine Kondition läßt nach, mein Lieber“, bemerkte der Professor kopfschüttelnd. Friedrich protestierte gelassen: „Wir werden ja schließlich nicht jünger. Behaupte nicht, die Treppen würden dir nichts ausmachen. Ich habe doch gehört, wie du gekeucht hast!“

„Nun ja, zugegeben, das Alter macht sich auch in meinen Knochen ein bißchen bemerkbar. Was aber keineswegs heißt, daß es sich auf meine geistigen Kräfte auswirken würde!“

Friedrich winkte ab und schlürfte die Bemerkung, die ihm auf der Zunge lag, mit einem Schluck Tee hinunter. Er kannte seinen Freund gut genug, um zu wissen, daß jeder Einwand eine lange Belehrung nach sich gezogen hätte.

Nicht ohne Grund nannten sie ihn den Professor, obwohl er keinen Titel innehatte. Er war sehr gebildet und besaß hervorragende Kenntnisse auf vielen wissenschaftlichen Gebieten, wobei seine größte Leidenschaft der friesischen Geschichte galt. Eigentlich hieß er Hans Theilen, ein pensionierter Studienrat, von großer Gestalt, mit grauem Bart und immer auf das Sorgfältigste gekleidet. Allein seine äußere Erscheinung und sein Auftreten bewirkten, daß jeder ihn für einen ehrwürdigen Mann hielt. Siebo und Friedrich schätzen seine Weisheit, aber sie kannten auch seine Eitelkeit und seinen Hang zur Dramatik.

Friedrich beeilte sich, dem Gespräch eine andere Wendung zu geben und berichtete von den neusten Ereignissen aus dem Küstenort, in dem sie wohnten. Da Siebo zurückgezogen als Wärter auf dem Leuchtturm lebte und höchstens einmal im Monat auf das Festland kam, war er stets an Neuigkeiten interessiert. Doch an diesem Vormittag hörte er nur flüchtig zu. Nachdenklich rührte er in seinem Tee.

Nachdem der Professor seine dritte Tasse geleert hatte, erhob er sich, strich sein Jackett glatt und trat an den Tisch, auf dem die Bücher lagen.

„Ah, ich sehe, du hast uns schon einige Werke herausgesucht. Sehr schön.“

Das pflegte er jedes Mal zu sagen, ein Ritual, das die Gewohnheit nicht zur Selbstverständlichkeit werden ließ.

Er zog ein Paar weiße Baumwollhandschuhe aus der Tasche, streifte sie über, zupfte den dünnen Stoff an den Fingern zurecht und nahm dann eines der Bücher. Eine Weile blätterte er darin und vertiefte sich schließlich in eine Seite. „Hochinteressant. Das ist ja hochinteressant! Komm doch mal her, Friedrich."

Dieser zwinkerte Siebo zu. Als ehemaliger Direktor eines kleinen Küstenmuseums war er ebenfalls ein ernsthafter Hobbyhistoriker, aber längst nicht so ehrgeizig wie sein Freund Hans. Seine Begeisterung galt mehr dem alten Boot, mit dem sie wöchentlich zu den Besuchen bei Siebo aufbrachen.

Mit einem Seufzer zwängte sich Friedrich aus der Sitzecke, schob die Lesebrille aus dem Haaransatz auf die Nase und gesellte sich zu dem Professor, der nun mit erhobenem Zeigefinger begann, eine Passage aus dem Buch vorzulesen.

Siebo interessierte sich nicht besonders für Wissenschaften, und während seine Freunde sich den restlichen Vormittag über vergilbtes Papier beugten, Notizblätter füllten und eifrig diskutierten, machte er sich an die Vorbereitungen für das

Mittagessen. Es war ihm nur recht, sich zurückziehen zu können. Immer wieder dachte er an diesen Brief …

Später beim Essen, als Siebo wortkarg und lustlos auf seinem Teller herumstocherte, fragte ihn Friedrich schließlich, was los sei. Er ließ das Besteck sinken, schob den Teller von sich und flüsterte: „Es ist aus!“

Fragend sahen sie ihn an. „Es ist aus? Was ist aus?“

„Alles. Ich muß den Leuchtturm verlassen.“

„Was soll das heißen?“ rief der Professor.

Siebo stand auf, holte den Brief aus der Schublade und reichte ihn Hans. „Vom Wasser- und Schiffahrtsamt“, murmelte er, runzelte die Stirn und überflog eilig das Schreiben. Dann ließ er es langsam sinken und reichte es zu Friedrich hinüber. „Damit hätte ich nicht gerechnet.“

„Das gibt's doch nicht!“ entfuhr es Friedrich, nachdem auch er den Brief gelesen hatte. „Wieso wollen die denn den Leuchtturm stillegen?“

„Weil die Fahrrinne verändert wird und er deshalb seinen Nutzen verliert.“ Siebo zuckte die Schultern. „Seine Funktion übernimmt dann der Leuchtturm *Weißer Sand*. So einfach ist das.“

Der Professor strich sich mit der Hand durch den grauen Bart. „Mein Gott – und die Bibliothek? Wo sollen wir mit den ganzen Büchern hin?"

„Die Bücher?" fragte Siebo. „Willst du sie etwa von hier fortschaffen?"

„Selbstverständlich! Hier können sie doch nicht bleiben. Sobald du nicht mehr auf dem Leuchtturm bist, haben wir keinen Zugang mehr. Und wer soll sich dann um die Bibliothek kümmern?"

Siebo ließ sich auf dem Stuhl zurückfallen. „Aber die Bücher befinden sich seit fast hundert Jahren hier."

„Richtig", erwiderte Hans. „Doch der Fall, daß der Leuchtturm außer Betrieb genommen wird, wurde nie bedacht. Veränderte Bedingungen erfordern neue Maßnahmen."

„Wir müßten erstmal geeignete Räumlichkeiten finden", warf Friedrich ein.

„Das ist noch das geringste Problem." Der Professor tupfte sich mit der Serviette die Mundwinkel ab und fuhr fort: „Das Schwierigste ist der Transport aufs Festland. Bedenkt: 9.538 historische Schriften, die verpackt, verladen und sorgsam vor Feuchtigkeit geschützt werden müssen – eine logistische Herausforderung, ich weiß. Doch daran führt kein Weg vorbei, wenn wir die Bibliothek erhalten wollen."

„Aber wie willst du die ganzen Bücher heimlich an Land bringen und dort ihre Existenz verbergen?“ fragte Siebo. „Hier auf dem Leuchtturm ist der einzige Ort, wo sie wirklich sicher sind.“

„Meine Güte“, rief der Professor scharf. „Ihr wißt doch, was für einen Schatz wir hier hüten. Eine unersetzliche Buchsammlung, deren Erhalt unseren Urgroßvätern zu verdanken ist. Und wir haben die Bibliothek wieder zum Leben erweckt und pflegen seit fünfzehn Jahren diesen einzigartigen Bestand. Und jetzt sollen wir die Bücher einfach einem ungewissen Schicksal überlassen? Nein! Das ist nicht euer Ernst! Wir müssen handeln!“

Friedrich hob beschwichtigend die Hände. „Es geht doch hier nicht in erster Linie darum, wo die Bücher am besten aufgehoben wären, sondern in welcher Form. Ich glaube, es ist an der Zeit, daß wir uns grundsätzlich mit der Frage auseinandersetzen müssen, wie die Bibliothek langfristig gesichert werden kann. Was ist, wenn wir mal nicht mehr sind? Wir haben alle keine Nachkommen. Sollen wir das Geheimnis mit ins Grab nehmen? Hinzu kommt die Erhaltung der Bücher. Viele Werke sind in einem bedenklichen Zustand und müßten dringend restauriert werden. Das können wir allein in einem so großen Umfang nicht leisten. Um den Bestand zu bewahren, dürfen wir ihn nicht länger geheimhalten. Wir sollten ihn öffentlich machen."

Der Professor atmete hörbar durch die Nase ein und sah Friedrich ungläubig an. „Öffentlich machen? Diese Buchsammlung? Das kommt überhaupt nicht in Frage! Diese Schriften sind viel zu wertvoll, um sie der Allgemeinheit zur Verfügung zu stellen! Das sind keine Taschenbuchromane, sondern unersetzliche Dokumente."

Friedrich lachte, wofür er einen bösen Blick erntete, und erklärte: „Du übertreibst, Hans. Auch andere haben das Recht, von der Existenz dieser Bücher zu erfahren und von ihnen zu profitieren."

„Vielleicht", überlegte Siebo, „ist es sogar unsere Pflicht, die Bücher endlich für andere zugänglich zu machen. Schließlich sind es Dokumente aus unserer Region. Von unseren Vorfahren geschrieben."

„Nein", rief der Professor. „Unsere Pflicht ist es, die Bücher zu hüten, sonst nichts! Wollt ihr den Schwur brechen?"

Friedrich stöhnte leise. „Hans, der Schwur unserer Urgroßväter ist verjährt. Die Zeiten haben sich geändert. Es besteht doch keine Gefahr mehr, so wie damals, daß die Bücher in fremde Hände gelangen könnten …"

„Still“, zischte der Professor. Seine Augen funkelten. „Unsere Urgroßväter haben verhindert, daß der Buchbestand der Ubbo-Emmius-Bibliothek Aurich von der Landesbibliothek Hannover einverleibt wird. Damit hätte Ostfriesland seine große literarische und wissenschaftliche Sammlung – eine der bedeutendsten der Region – verloren. Unsere Urgroßväter haben die Bücher in einer riskanten Nacht- und Nebelaktion in den Leuchtturm überführt. Das mysteriöse Verschwinden und der Verbleib der Bücher wurden nie aufgeklärt. Und ihr wollt jetzt dieses Geheimnis lüften? Welch eine Schmach für die Heldentat unserer Vorfahren. Das wäre Verrat!“

Mit einer heftigen Handbewegung zerrte Friedrich seine Brille von der Nase und stieß Hans den Zeigefinger auf die Brust. „In Wirklichkeit geht es dir doch nur um deine Ehre. Du hast bloß Angst, die Bücher mit anderen teilen zu müssen, denn dann könntest du dich nicht mehr mit deinem besonderen Wissen über die Geschichte der Region rühmen.“

Die Miene des Professors versteinerte. „Durch meine Arbeit …“

„Unsere Arbeit“, bemerkte Friedrich.

„Durch meine unermüdlichen Studien“, fuhr der Professor unbeirrt fort, „habe ich wichtige Erkenntnisse über Leben und Kultur im friesischen Raum vom 16. bis 19. Jahrhundert gewonnen und zusammengetragen."

„Und nie veröffentlicht!" höhnte Friedrich.

In diesem Moment sprang Siebo auf. „Die Bibliothek, die Bibliothek! Euch geht es nur um die Bücher. Und was wird aus mir?"

Die beiden anderen verstummten.

„Du hast recht", flüsterte Friedrich. „Für dich steht viel mehr auf dem Spiel: deine Arbeit und dein Zuhause."

Der Professor zog eine Augenbraue hoch. „Warum so aufgebracht? Für dich findet sich doch leicht eine Lösung. Du hast den Ruhestand verdient. Und wir horchen uns schon mal um, ob wir nicht eine kleine, hübsche Wohnung für dich finden. Aber die Bücher …"

Siebo wandte sich ruckartig ab und trat ans Fenster. Seine Hände in den Hosentaschen ballten sich zu Fäusten. Seit dreiundzwanzig Jahren lebte und arbeitete er auf dem Leuchtturm. Und jetzt sollte er fort, an Land? Irgendwo in eine kleine Wohnung? Dies hier war sein Zuhause! Wortlos verließ er den Raum.

„Einfühlungsvermögen ist nicht gerade deine Stärke, Hans", sagte Friedrich und seufzte laut. „Merkst du nicht, was das Leben hier für Siebo bedeutet? Glaubst du, der hat sich jemals mehr für die Bibliothek interessiert als für seine Arbeit als Leuchtturmwärter?“

Der Professor erhob sich und ging zu dem Tisch am Fenster hinüber. Er nahm eines der Bücher vom Stapel, strich leicht mit den Fingerkuppen über das braune Leder und schlug den Deckel auf.

„Ein Leben am Deich – Erinnerungen von Renke Theilen“, las er vor. „Renke Theilen war mein Urgroßvater. Einen großen Teil dieser Bücher hat er zusammengetragen! Ich habe Verantwortung für sein Erbe!“

Hans richtete einen prüfenden Blick auf Friedrich. „Hast du vergessen, daß auch dein Urgroßvater an der Rettungsaktion damals beteiligt war und sein Leben für die Bücher riskiert hat?“

„Nein, habe ich nicht. Aber …“

„Da gibt es kein Aber! Es ist unsere heilige Pflicht, dieses Erbe zu bewahren und das Geheimnis zu hüten!“ Und fast tonlos fügte er an: „Wenn es sein muß, auch ohne Siebo!“ Er klappte mit Wucht das Buch wieder zu.

Derweil stand Siebo auf der Galerie des Leuchtturms. Der Wind war böig und zerrte an seinen Kleidern. Schaumkronen bedeckten die Nordsee, die ihn nach allen Seiten umgab. Das

Meer ist mein Garten, dachte er. Die Abgeschiedenheit und Ruhe auf dem Turm, die Nähe zu Meer und Wind wollte er gegen nichts tauschen. Er konnte sich ein Leben an Land nicht vorstellen. Nicht so bald zumindest, so unvorbereitet. Ein halbes Jahr Gnadenfrist hatte er noch, bevor sie ihn vorzeitig in den Ruhestand schicken wollten. Es lag wohl nicht in seiner Macht, das zu verhindern. Aber die Bücher, die mußten auf dem Turm bleiben. Schließlich gehörte die Bibliothek schon seit Generationen zu seinem versteckten Inventar und schlummerte unbemerkt im Inneren des Schaftes. Wie schon sein Vater und Großvater hatte Siebo immer über die Existenz der Bücher Stillschweigen bewahrt. Auch wenn er sich nie sonderlich für ihren Inhalt interessiert hatte, so bedeutete doch allein ihr Dasein etwas Besonderes. Die Bibliothek erfüllte ihn mit Ehrfurcht und Stolz, denn er erahnte sowohl ihren materiellen als auch ideellen Wert. Sie verkörperte ein Stück Geschichte, auch seiner eigenen, und trug sie durch die Zeit.

Erst als Hans und Friedrich eines Tages bei ihm aufkreuzten, gewann die Bibliothek an neuer Bedeutung. Er erinnerte sich noch genau an den Tag, einige Jahre, nachdem er seinen Dienst angetreten hatte. Sehr geheimnisvoll taten die beiden, der Professor erzählte von seinem Urgroßvater, einem Bibliothekar und damaligen Leiter der Ubbo-Emmius-Bibliothek, und von dem mysteriösen, nie aufgeklärten Verschwinden des gesamten Buchbestandes. Der Professor hatte ein altes Tagebuch seines Urgroßvaters entdeckt, welches Aufschluß über die damaligen Geschehnisse gab und enthüllte, daß die Bücher sich im Leuchtturm befänden.

Da wußte Siebo, daß sie Verbündete waren, so wie einst ihre Urgroßväter. Als er Friedrich und Hans das Versteck der Bibliothek zeigte, waren sie fassungslos vor Staunen und Glück.

In der Folge begannen die beiden, die Werke zu sichten und zu studieren, während er, Siebo, sich nach strengen Vorgaben des Professors der Sortierung und Katalogisierung der Bücher widmete. Seither besuchten Friedrich und Hans ihn einmal wöchentlich, und bald verband sie trotz ihrer Unterschiedlichkeit eine feste Freundschaft. Sollten die Bücher jetzt zum Bruch zwischen ihnen führen?

Siebo begann zu frieren. Langsam kehrte er nach unten zurück.

„Wir werden versuchen, die Bücher an Land zu bringen“, warf Hans ihm schroff entgegen, als er eintrat.

„Nein!“ erwiderte Siebo mit Bestimmtheit. „Die Bibliothek bleibt auf dem Leuchtturm. Die Bücher sind hier zu Hause – so wie ich.“

Knirschend preßte der Professor hervor: „Ich verstehe deine Enttäuschung darüber, daß du den Leuchtturm verlassen mußt, aber etwas mehr Loyalität hätte ich von dir erwartet! Wir müssen doch jetzt zusammenhalten!“

Siebo lachte auf und verschränkte die Arme. „Zusammenhalten? Ohne mich hättet ihr die Bibliothek gar nicht entdeckt. Und jetzt tust du so, als hättest du besonderen Anspruch darauf. Ich mache da nicht mit.“

„Ist das dein letztes Wort?“

Siebo sah aus dem Fenster. Nach einer Weile sagte er: „Sollen die Bücher doch hier in Frieden verrotten.“

An diesem Tag verließen Friedrich und Hans den Leuchtturm früher als gewöhnlich. Der Professor hatte dafür plädiert. Siebo verabschiedete sie nicht wie sonst an der Tür, sondern beobachtete vom Fenster aus ihre Abfahrt. Als sich das Schiff entfernte, wandte er sich seufzend ab. Sein Blick fiel auf den Tisch, auf dem noch die benutzten Bücher lagen. Er betrachtete sie und überlegte, sie liegenzulassen – es wäre das erste Mal in all den Jahren

– räumte sie dann aber doch zusammen und trug den Stapel über den Flur zum Schaft des Turmes. Er öffnete die Tür. Die künstliche Beleuchtung erhellte nur spärlich den fensterlosen, runden Raum, in welchem die Wendeltreppe zwischen grauen Stahlwänden in die Tiefe führte. Auf den ersten Eindruck erschien die Wand glatt und einheitlich, doch bei genauerem Hinsehen zeigte sich, daß sie mit einzelnen Stahlplatten verkleidet war, die miteinander verschweißt waren. Doch einige besaßen auch Scharniere und kleine Schrauben als Befestigung.

Siebo legte die Bücher ab und begann, an einem Wandelement die Schrauben zu lösen. Es schnappte auf und ließ sich wie eine Klappe öffnen. Und dahinter, in einem schmalen Hohlraum, reihten sich unzählige Bücher.

Plötzlich packte es Siebo. Mit schnellen, geübten Bewegungen öffnete er nacheinander ein Dutzend der speziell konstruierten Stahlplatten und hielt erst inne, als er den gesamten Bestand ans Licht geholt hatte. Das war sie, die Bibliothek! Schriften in allen Dicken und Größen, kunstvoll gebunden in hellem und dunklem Leder, weiß-gelblichem Pergament und Samt. Siebos Herz klopfte. Er war sprachlos beim Anblick dieser Schönheit, so wie beim ersten Mal, als kleiner Junge neben seinem Vater.

Doch selbst das trübe Licht konnte nicht darüber hinwegtäuschen, daß viele Werke unter der salzigen, feuchten Nordseeluft litten und konservierender Maßnahmen bedurften. Dennoch, so schien es ihm, kein Ort würde der Sammlung jemals den gleichen Glanz verleihen wie dieser. Nur hier war sie vom Geist ihrer abenteuerlichen, einmaligen Geschichte umgeben.

Siebo stellte die Bücher vorsichtig an ihren Platz zurück, schloß die Stahlklappen und ließ die Bibliothek wieder in ihrem Versteck verschwinden. Nichts zeugte mehr von ihrer Existenz. Nur noch glatte Wände im fahlen Schein der Neonlichter. So war es seit fast einem Jahrhundert. So sollte es bleiben.

In den folgenden Wochen verliefen die Besuche von Friedrich und Hans wie eh und je. Die Freunde verloren kein Wort mehr über das ungeklärte Schicksal der Bücher. Jeder hatte im stillen seinen Standpunkt. Keiner wagte, das Thema erneut anzusprechen, um Streit zu vermeiden. Der Professor verkroch sich noch tiefer in seine Lektüre und sprach wenig. Friedrich und Siebo tauschten manchmal lange Blicke, die fragend und wissend zugleich schienen. Die ungewisse Frage, was mit der Bibliothek geschehen soll, waberte zwischen ihnen wie der zähe Herbstnebel auf See.

Eines Nachts, etwa einen Monat nach ihrem Streit, erwachte Siebo. Zunächst konnte er sich die Ursache nicht erklären, aber als er sich umdrehte, um weiterzuschlafen, vernahm er ein leises Poltern. Sofort war er hellwach. Er hatte diesen Augenblick erwartet. Schnell zog er sich Hose und Pullover über, schlich auf den Flur und legte vorsichtig das Ohr an die Tür nach unten. „Hab ich's mir doch gedacht", murmelte er. Nach kurzem Zögern riß er die Stahltür zum Schaft hin auf und starrte die Treppe hinunter. Sämtliche Wandelemente waren geöffnet, der Professor stand über eine Aluminiumkiste gebeugt und bepackte sie mit Büchern, die Friedrich ihm reichte. Sie hielten inne und sahen zu Siebo auf, der die Hände in die Hosentaschen gleiten ließ und sich gegen den Türrahmen lehnte. „Glaubt ihr, ich habe nicht geahnt, was ihr vorhabt?"

Friedrich hob hilflos die Schultern und ließ sich ächzend auf einer Treppenstufe nieder. „Es tut mir leid, Siebo."

Der Professor drehte sich zu ihm um. „Was tut dir leid?"

„Daß wir ihn hintergangen haben."

„Der Zweck heiligt die Mittel. Der Schutz der Bibliothek hat Priorität. Er wollte die Bücher *verrotten* lassen“, zischte Hans, wobei er das Wort verrotten übermäßig dehnte.

„Ihr seid wahnsinnig, diese ganzen Bücher aufs Festland schaffen zu wollen!“

„Wir retten die Bücher! So wie es unsere Urgroßväter getan haben!“ Hans fuhr fort, einen Pergamentband in Folie einzuschlagen und in der Kiste zu verstauen.

„Und wo wollt ihr sie unterbringen?“

„Zunächst einmal im Keller des Küstenmuseums. Dort ist noch Platz. Im Frühjahr können wir sie dann wahrscheinlich …“

In diesem Moment drang eine unbekannte Stimme von unten zu ihnen herauf. „Hallo?! Ist da jemand?“

Die Drei sahen sich erschrocken an.

„Habt ihr die Tür nicht zugemacht?“ flüsterte Siebo und trat hinab zu seinen Freunden.

„Nein“, antwortete Friedrich, „ich dachte …“

„Psst!“ Der Professor hob mahnend die Hand. Das dumpfe Geräusch von Schritten auf Metall drang zu ihnen hinauf, und sie spürten das leichte Vibrieren der Treppe.

„Wer ist da?“ rief Siebo und lief schnell weiter hinunter, in der Hoffnung, den nächtlichen Besucher vorzeitig abzufangen. Doch es war zu spät, er kam ihm bereits entgegen. Sie blieben voreinander stehen.

„Ich bin von der Küstenwache."

„Küstenwache? Was wollen Sie denn hier, um diese Zeit?"

„Ich habe beim Vorbeifahren das Schiff am Leuchtturm bemerkt. Als ich auch noch die geöffnete Tür sah, hielt ich es für besser, nach dem Rechten zu sehen."

Der Mann spähte an Siebo vorbei auf Friedrich und den Professor. Dann fiel sein Blick auf die Wand und die Bücher. Er pfiff leise durch die Zähne und schritt weiter empor, blieb vor den geöffneten Klappen stehen, während seine Augen staunend über die Bücherreihen wanderten.

Die Freunde hielten den Atem an.

„Woher kommen denn diese ganzen Bücher?"

„Das ist unsere kleine Privatsammlung", antwortete der Professor.

„Privatsammlung?" Der Fremde kniff die Augen zusammen. „Das müssen Tausende von Büchern sein. Und das hier auf dem Leuchtturm!" Mißtrauisch sah er von einem zum anderen. „Was wird hier gespielt? Was sind das für Bücher?"

„Hören Sie …", setzte Friedrich an, doch Siebo schnitt ihm das Wort ab: „Mein Urgroßvater hat diese Bibliothek aufgebaut. Er war ein leidenschaftlicher Büchernarr und wissenschaftlich sehr interessiert. Mein Großvater, mein Vater und schließlich ich haben die Büchersammlung gepflegt und ausgebaut."

„So?" bemerkte der Mann von der Küstenwache. „Und wozu sind die Kisten da?"

„Wir wollen einige Bücher an Land bringen."

„Mitten in der Nacht?" Er tippte sich an die Stirn. „Und das soll ich Ihnen glauben?"

„Was glauben Sie denn? Daß wir die Bücher gestohlen haben?" empörte sich der Professor.

„Was weiß ich. Auf jeden Fall werde ich die Sache überprüfen lassen." Abrupt wandte er sich zum Gehen.

„Warten Sie!" rief Siebo. „Sie meinen, uns auf frischer Tat ertappt zu haben, wobei auch immer, aber so einfach ist das nicht. Kommen Sie. Ich koche einen Tee, und wir erzählen Ihnen in aller Ruhe die ganze Wahrheit." Und ohne eine Reaktion abzuwarten, stieg Siebo nach oben. Die anderen folgten ihm wortlos.

Erst eine Stunde später verließ der Mann den Leuchtturm wieder.

„Du glaubst, daß es ein Fehler war, ihn einzuweihen, nicht wahr?" wollte Friedrich vom Professor wissen, der mit hinter dem Rücken verschränkten Armen am Fenster stand und in die Dunkelheit starrte. Er schwieg.

Müde ließ Friedrich sich auf einen Stuhl sinken. „Ach, Hans. Irgendwann mußte die Geschichte ja mal ans Licht kommen! Ich glaube, es ist gut so. Diese ewige Geheimniskrämerei wäre doch auch keine dauerhafte Lösung für den Fortbestand der Bibliothek gewesen. Nur mit öffentlicher Hilfe kann sie für zukünftige Generationen erhalten werden – vielleicht sogar auf dem Leuchtturm."

„Verräter!" fauchte Hans plötzlich, ohne sich umzudrehen. „Ihr habt unser gemeinsames Erbe entweiht."

„Besser als für den Rest des Lebens im Elfenbeinturm zu hocken!" knurrte Friedrich zurück.

Der Professor schwieg, doch bei diesen Worten durchfuhr ein Zittern seinen Körper und brachte die aufrechte, hohe Gestalt für einen kurzen Moment ins Wanken.

„Sie kommen", sagte Friedrich und setzte das Fernglas ab. Er lehnte neben Siebo am Geländer auf der Galerie des Leuchtturmes und spähte über den Horizont. „Wer ist es denn heute?"

„Eine Gruppe von Urlaubern", antwortete Siebo. „Schon die dritte diese Woche."

Friedrich hob die Hände in die Höhe. „Wer hätte gedacht, daß die Bibliothek auf solch großes Interesse stößt. Einheimische und Touristen – alle wollen sie zumindest einmal gesehen haben.“

Siebo nickte. „Und den Leuchtturm!“ ergänzte er lächelnd.

Seit das Geheimnis der Bibliothek gelüftet war, hatten sich die Ereignisse überschlagen. Mitarbeiter verschiedener Behörden, Journalisten, Historiker und Buchexperten waren in Scharen gekommen, um die fast ein Jahrhundert lang verschollene Bibliothek zu besichtigen. Es wimmelte nur so von Neugierigen auf dem Leuchtturm, und Siebo ärgerte sich bereits über diese Wendung, denn mit der Ruhe war es vorbei.

Nur wenig später beschloß die Bezirksregierung im Einvernehmen mit der Wasser- und Schiffahrtsdirektion, die Bibliothek als historisches Denkmal auf dem Leuchtturm zu belassen. Dadurch sollte nicht nur ihrer besonderen Geschichte Rechnung getragen, sondern auch ihre Attraktion erhöht werden.

Für Siebo bedeutete diese Entscheidung allen Grund zur Freude. Er behielt seine Stellung als Leuchtturmwärter, wenn auch mit neuem Aufgabenbereich. Da er an die harten Bedingungen des außergewöhnlichen Arbeitsortes gewöhnt war, hatte man ihm die Aufsicht und Betreuung der Büchersammlung anvertraut. Er zeigte den Besuchergruppen die Bibliothek und erzählte ihnen die Geschichte ihres einst geheimnisvollen Verschwindens. Anschließend erhielten Interessierte Gelegenheit, bestimmte Schriften einzusehen. Für diesen Zweck war der Eß- und Aufenthaltsraum zu einem Lesesaal mit mehreren Tischen und Sitzecken umgestaltet worden. Die wissenschaftliche Begleitung der Gäste hatte der Professor übernommen. Er stand für Fragen zur Verfügung und erläuterte leidenschaftlich den Aufbau des Bestandes und die Bedeutung einzelner Werke.

Friedrich hingegen kümmerte sich um die Organisation der Überfahrten. Er war ein routinierter Skipper und kannte die Strecke seit Jahrzehnten. Mit Vergnügen gab er sich dieser Aufgabe hin und pendelte zwei- bis dreimal wöchentlich, im Sommer öfter, zwischen Leuchtturm und Küste. Manchmal überließ er aber auch einem Kollegen das Steuer und verweilte bei Siebo. So wie an diesem Tag.

„Diese Aussicht ist immer wieder überwältigend! Und diese Ruhe!“ rief Friedrich und atmete tief ein.

„Mit der ist es aber gleich vorbei, wenn erstmal das Besucherschiff anlegt“, antwortete Siebo.

„Bereust du es manchmal, ich meine, daß es so gekommen ist?“

„Nein, denn dann würden wir wahrscheinlich nicht mehr hier auf dem Leuchtturm stehen. Ich habe mich schon oft gefragt, wie sich die Dinge entwickelt hätten, wenn damals der Beamte von der Küstenwache nicht aufgetaucht wäre.“

„Ja, das war schon ein glücklicher Zufall.“

„Wenn es denn Zufall war“, entgegnete Siebo.

Friedrich schielte flüchtig zu ihm hinüber. Dann räusperte er sich. „Was ich dir schon lange sagen wollte …“

„Schon gut“, sagte Siebo, ohne den Blick vom Wasser zu wenden. „Du hast damals die Küstenwache informiert, nicht wahr?“

Der Freund sah ihn erstaunt an. „Du weißt es?“

„Ich habe es mir gedacht. Daß die mitten in der Nacht auftauchte, war sehr ungewöhnlich.“

„Es schien mir die einzige Möglichkeit, unsere Freundschaft nicht der Bibliothek zu opfern. Ich konnte den Professor nicht von dem Plan abbringen, die Bücher an Land zu schaffen, wollte aber die Angelegenheit nicht allein entscheiden und das Geheimnis hinter seinem Rücken verraten. Ich dachte, so eine zufällige Entdeckung, eine direkte

Konfrontation, auch wenn sie inszeniert war, könnte eine Lösung bringen.“

Siebo legte ihm die Hand auf die Schulter. „Du hast richtig gehandelt. Deine Entscheidung war das Beste für uns alle, Friedrich. Und auch für die Bibliothek. Endlich bekommt sie die Aufmerksamkeit, die ihr gebührt. Und durch sie lebt auch der Leuchtturm weiter.“

Fokkos Fahrten

Dumpf hallten die Schritte auf dem Metall, als die ersten Passagiere über die Gangway an Bord kamen. Das Schiff füllte sich mit Stimmen. Es war wieder soweit: Fokko, der Kapitän, trat aus der Brücke und stieg hinunter an Deck. Er empfing die Gäste stets persönlich. Mit einem fröhlichen „Willkommen an Bord der *Katharina*!" begrüßte er sie und lupfte schwungvoll seine Mütze. Einer älteren Dame reichte er die Hand, um ihr über die Schwelle zu helfen, und gelegentlich nahm er schwere Gepäckstücke entgegen.

Nachdem die letzten Passagiere an Bord waren, begannen die Vorbereitungen für das Auslaufen des Schiffes. Die Gangway wurde beiseite geschoben, und die Besatzung holte die Leinen ein, während Fokko auf die Brücke zurückkehrte und Order gab, die Maschinen startklar zu machen. Auf das Zeichen seines Steuermannes hin, daß alles bereit sei, fuhr er die Dieselmotoren hoch. Das Schiff erzitterte. Gurgelnd wühlten die Schrauben das braune Wasser auf, das sich in einen schäumenden, weißen Teppich verwandelte. Der Rumpf des Dampfers löste sich von der Kaimauer. Fokko ließ dreimal die Sirene aufheulen und manövrierte dann die *Katharina* gekonnt aus dem Hafen. Langsam nahmen sie Fahrt auf.

Wie immer genoß er diesen Moment ganz besonders. In jedem Ablegen lag der Reiz eines Abenteuers, der Aufbruch zu neuen Ufern und Möglichkeiten. Der Weg lag in seiner Hand.

In ruhigem Tempo glitt das Schiff durch die Fahrrinne an der Mole entlang, hinter der sich Wattflächen aus dem Wasser hoben. Die meisten Passagiere hielten sich an Deck auf und drängten sich auf den Bänken zusammen, deren Platz im Sommer oft nicht ausreichte. Viele lehnten an der Reling und verfolgten, wie das Schiff sich mehr und mehr von der Küste entfernte.

Fokko übergab seinem Steuermann Hauke das Ruder und warf einen Blick auf die neuesten Wetteraussichten. Er nickte zufrieden. Das Hoch über dem Atlantik sollte sich noch einige Tage halten, der Wind erst gegen Abend leicht auffrischen. Bessere Bedingungen konnte er sich für ihre Reise nicht wünschen.

„Volle Fahrt voraus!“ rief er Hauke zu, nachdem sie die letzte Boje hinter sich gelassen hatten. Das Vibrieren des Schiffes verstärkte sich. Fokko trat aus dem Führerhaus ins Freie.

Es war ein sonniger Julinachmittag. Sogar auf See war die sommerliche Hitze in der Luft zu spüren. Träge strömte das Meer in langen, flachen Wellen dahin. Das Schiff wiegte sich sacht von einer Seite auf die andere. Fokko schloß die Augen und ließ sich den Fahrtwind ins Gesicht wehen. Eine Weile verharrte er sinnend. Dann sah er hinunter aufs Deck, wo das gute Wetter für ausgelassene Stimmung unter den Passagieren sorgte: Sie sonnten sich, lasen oder dösten, Kinder tobten umher und kreischten.

„Ich mach mal meine Runde", rief der Kapitän zu Hauke hinein. Der nickte bloß, ohne aufzusehen. Fokko rückte seine Mütze zurecht und stieg leichten Schrittes hinab.

„Seine Runde machen" hieß, den Kontakt zu den Passagieren zu pflegen und persönlich nach dem Rechten zu sehen.

Mit hinter dem Rücken zusammengelegten Händen schritt er zwischen den Bänken entlang, nickte den Leuten zu, machte hier und da eine lockere Bemerkung, erkundigte sich nach dem Befinden und verteilte an die Kinder Bonbons, die er aus sämtlichen Taschen seiner Kapitänsjacke zauberte.

Auch drinnen im Aufenthaltsraum, wo viele bei einem Imbiß oder Getränken saßen, überzeugte sich Fokko von der Zufriedenheit seiner Gäste. Er wünschte guten Appetit und eine angenehme Fahrt und stieg schließlich hinab zum Maschinenraum. Mit geübtem Griff öffnete er die schwere Metalltür und stieß sie auf. Ohrenbetäubender Lärm und eine Welle heißer, öliger Luft empfingen ihn, doch das schreckte ihn nicht ab einzutreten. Gerd, der Maschinist, gab ihm mit wenigen Blicken und Gesten zu verstehen, daß alles in Ordnung sei. Fokko nickte, drückte ihm kurz die Hand auf die Schulter und verließ den Maschinenraum wieder. Noch ein kurzer Gruß in der Küche, damit war sein Kontrollgang beendet.

Pfeifend kehrte er auf die Brücke zurück. Noch einen Moment verweilte er draußen, die Arme auf die Reling gestützt, und atmete tief ein. Er roch die weite See, es war eine besondere Würze in der Luft, eine Mischung aus Salz, Tang und einem Hauch Sehnsucht. Er liebte diesen Duft, der um so intensiver wurde, je mehr sie Richtung Norden, auf das offene Meer fuhren.

Er ging hinein, um wieder das Steuer zu übernehmen. Hauke, der tief versunken im Steuersessel saß, richtete sich beim Eintreten seines Chefs ein wenig auf und verkündete: „Melde gehorsamst, keine besonderen Vorkommnisse, Captain.“

Obwohl ihm der leise Spott in der Bemerkung des jungen Mannes nicht entging, zeigte Fokko nicht das geringste Zeichen der Verärgerung. Er wußte, daß Hauke seine „Runden“ nicht ernstnahm, sah es aber mit Gelassenheit und verzieh ihm sein jugendliches Unverständnis.

Er griff zum Fernglas und suchte prüfend den Horizont ab. Die Sicht war hervorragend, und das Wasser glitzerte in der Sonne. Nur in der Ferne waren vereinzelt weiße Schaumkronen zu erkennen.

„Was für ein herrlicher Tag! Bei diesem Wetter kann man unsere Kreuzfahrt über das Meer so richtig genießen!“

„Kreuzfahrt? Durch’s Watt hier?“ bemerkte Hauke und stützte seufzend das Kinn in die Hände. „Da draußen, wo man das Containerschiff sieht“, und er deutete an den Horizont, „da ist das Meer!“

Fokko schwieg. Er wußte, daß Hauke sich an Bord der *Katharina* langweilte und davon träumte, eines Tages auf großen Schiffen über die Weltmeere zu schippern. Auch ihn hatte einst dieses Fernweh erfüllt. Aber nachdem er lange als Matrose und Kapitän über die Ozeane gefahren war, hatte er begriffen, daß das Glück nicht in der Ferne liegt.

„Da draußen“, sagte er zu Hauke, „wird die Weite schnell zur Enge, die Freiheit zur Verlorenheit. Und in dir wächst eine neue Sehnsucht. Vielleicht heißt sie Heimweh, vielleicht auch anders.“

Sie fuhren weiter Richtung Norden. Die Küste war nur noch ein schmaler Streifen hinter ihnen, die Weite der Nordsee schwoll an. Und dort voraus lag auch die Insel, das kleine Eiland, dem sie entgegenfuhren und das auf ihre Ankunft wartete.

Ein Trupp Möwen begleitete das Schiff. Als sie nach einiger Zeit abdrifteten, folgte Fokko ihnen lange mit den Augen, bis sie aus seinem Sichtfeld verschwunden waren. Doch in Gedanken flog er weiter mit ihnen in die Ferne, dorthin an den Horizont, wo Himmel und Meer zusammenfließen, wo Hoffnung und Sehnsucht verschmelzen und sich in einem Nichts zu verlieren scheinen. Es war wie ein Vakuum, das alle seine Gedanken in sich aufsog. Sein Blick verschwamm. Und obwohl die Schiffsmotoren dröhnten, hatte er das Gefühl von absoluter Stille. Eine betörende Stille, die in ihm durch die Unendlichkeit des Meeres hervorgerufen wurde: es strahlte eine Ruhe aus, die sich in seinem Inneren ausdehnte und jede überflüssige Wahrnehmung zum Schweigen brachte. Ja, er war wieder auf großer Fahrt!

Fokko hielt noch immer den Kurs auf die offene See hinaus. Sein Herz begann zu klopfen. Er spürte den auffrischenden Wind, hörte die am Mast flatternde Fahne, sah die weißen Schaumkronen, die weit voraus über das Wasser tanzten. Gischt spritzte am Bug empor.

„Ozean, ich komme!“ rief er stumm in die Ferne hinein.

Doch der Ostzipfel der Insel, der bis dahin für ihn nicht mehr als eine Sandbank im Augenwinkel gewesen war, rückte immer näher. Schmal und lang gestreckt ragte er in ihre Fahrtrichtung.

Ein Lächeln zuckte in Fokkos Mundwinkeln. Er kannte das Ziel. Seine Welt war kleiner geworden, sein Leben nahm jetzt einen anderen Kurs. Und mit energischem Griff riß er das Steuer herum, das Schiff drehte ab, wälzte sich nach Westen und folgte weiter der Fahrrinne entlang der Südseite der Insel. Eine lange Bugwelle trieb seitwärts ab und verlor sich hinter ihnen. Die Weite des Meeres war nun zu einem schmalen Streifen hinter der Insel zusammengeschrumpft. Eine ausgedehnte Dünenlandschaft zog an ihnen vorüber.

„Wir sind gut in der Zeit“, sagte Hauke. Fokko nickte. Eineinhalb Stunden dauerten die Überfahrten jeweils. Oft erschienen sie ihm wie ein ganzer Tag.

Schon bald darauf kam der Anleger in Sicht. Das Schiff änderte erneut den Kurs Richtung Norden und steuerte die Insel an. Möwen folgten ihnen wie eine Eskorte, die sie begrüßend ans fremde Ufer geleitete. Wie bei jeder Ankunft spürte Fokko ein leichtes Kribbeln im Magen, wenn sie sich dem Land näherten, eine Mischung aus Zufriedenheit und Wehmut, wieder einmal dem markierten Weg gefolgt zu sein. Fokko ließ die Schiffssirene ertönen und lächelte über Hauke, der bereits die Treppe hinunterpolterte, der bevorstehenden Abwechslung entgegenfiebernd. Auch die Passagiere drängten schon Richtung Ausgang und warteten ungeduldig auf die Ankunft.

Fokko hatte es nicht eilig. Ganz ruhig fuhr er das Schiff in den Hafen ein. Auch wenn sie sich nie wirklich unterschieden, liebte er die Einfahrten. Denn beim Anblick der am Kai stehenden Menschen, erfaßte ihn stets eine tiefe Befriedigung: Sie wurden erwartet. Auch ein kleiner Hafen ist ein Hafen, dachte Fokko.

Mit der Sicherheit des alten Seemannes vollführte er das Anlegemanöver. Hauke und der Matrose vertäuten das Schiff, die Gangway wurde vorgefahren. Über die Sprechanlage verabschiedete sich der Kapitän im Namen der gesamten Mannschaft, dankte für die Mitreise und wünschte seinen Gästen einen angenehmen Inselaufenthalt. Im Logbuch notierte er: Ankunft Juist, 15:48 Uhr.

Dann trat er auf die Brücke hinaus. Er beobachtete die Aussteigenden, und manchmal sah einer zu ihm hinauf und winkte. Und Fokko winkte zurück.

Er verspürte Lust, auch auszusteigen, um die Insel zu besuchen, die er fast täglich sah, aber nur selten betrat. Aber dafür blieb keine Zeit. Er mußte an diesem Abend noch aufs Festland zurück. Die neuen Passagiere kamen schon an Bord, und bald hieß es für Fokko, ein weiteres Mal Kurs auf Norddeich nehmen, wie gewohnt auf dem kleinen Fährschiff *Katharina* durch das Wattenmeer schippern. Wie fast jeden Tag seit zwölf Jahren. Auf dem Ozean der Fahrrinne.

Grüner Horizont

Onke stand auf dem Deich, schaute über die Nordsee, die in einiger Entfernung hinter den Salzwiesen begann, und dachte an Margot. Seine Augen wanderten Richtung Westen. Irgendwo in weiter Ferne lag Amerika. Dorthin hatte Margot gewollt, und dorthin war sie eines Tages aufgebrochen. Ohne ihn.

„Dann versauere doch in Ostfriesland“, hatte sie gesagt, die Augen glühten voller Zorn, einige unbändige Locken, die sich aus dem Zopf gelöst hatten, klebten ihr im Gesicht. Er fand sie besonders schön an jenem Abend, so wild und entschlossen, ohne zu begreifen, daß sie wirklich gehen würde und daß es ihre Abschiedsworte waren.

Sie hatten fröhlich auf einem Dorffest getanzt, bis zu dem Streit. Er war mal wieder ihrer Forderung nach einer Entscheidung ausgewichen. Daraufhin hatte sie sich aus seinen Armen befreit, war von der Tanzfläche gelaufen und in der Menge verschwunden. Ihr wehender Rock und die blonden Haare waren das letzte, was er von ihr sah.

Onke drehte sich um und ging langsam zu seinem Hof zurück. Das alte Backsteingebäude, an das sich Stall und Scheune anschlossen, lag ein Stück zurück, inmitten der Marschwiesen.

Versauerte er hier? Gerade anfangs, nachdem Margot fort war, hatte ihn die Frage unentwegt beschäftigt. Er hatte sein Leben als Bauer in Frage gestellt und sich vorgeworfen, nicht genug Mut gehabt zu haben, ihre damaligen Träume zu verwirklichen: Ostfriesland zu verlassen, die Welt zu bereisen und neue Wege zu gehen. Margot wollte unbedingt weg. Sie war besessen von der Idee, eine Karriere als Schauspielerin zu machen. Aber Onke zweifelte im stillen. Da war ja schließlich noch der Hof, den er einmal übernehmen sollte.

Als Kind war es sein Wunsch gewesen, Deichgraf zu werden. Sein Vater hatte ihm oft die Geschichte vom Schimmelreiter erzählt. Der Deich erschien dem Jungen wie ein magischer Hügel, ein schützender Wall, der ihm Macht über die Fluten des Meeres verlieh. Und so hatte er aus voller Überzeugung geantwortet, als ihn sein Vater einmal fragte, was er werden wolle.

„Deichgraf?" Der Vater hatte gelacht und ihm auf die Schulter geklopft. „Werd' erst mal Bauer. Das ist fast dasselbe."

Später, als er größer war, fragte der Vater ihn nie wieder nach seinen Wünschen. Auch ohne viele Worte war Onke klar, daß er einmal den Hof übernehmen sollte. Gerade weil der Vater ihn nie drängte, fühlte er sich um so mehr dazu verpflichtet. Und da er mit der Landwirtschaft aufgewachsen, mit den Tieren und dem Land vertraut war, schien seine Zukunft vorgezeichnet zu sein. Bis er Margot kennenlernte.

Sie hielt eines Tages mit dem Fahrrad neben ihm und schaute neugierig zu, wie er die Kühe von der Weide holte. „Warum treibst du sie nicht mal auf den Deich?“ fragte sie.

„Auf den Deich? Wozu? Außerdem ist das verboten.“

„Aber dann könnten die Kühe mal das Meer sehen!“ Sie lachte. Nicht spöttisch, eher begeistert.

„Quatsch.“ Onke schüttelte den Kopf.

„Zum Glück bin ich keine deiner Kühe“, rief sie, stieg wieder auf und radelte weiter Richtung Deich. Er sah ihr nach. Die blonden Zöpfe baumelten im Wind.

Fortan kam sie öfter bei ihm vorbei, und sie unterhielten sich über den Zaun hinweg. Und schon bald unternahmen sie des öfteren abends gemeinsame Spaziergänge. Erst als der Vater ihn neckte und sagte: „Da hast du dir ja ne kecke Deern geangelt“, merkte Onke, daß er verliebt war.

Die Arbeit auf dem Hof, die sonst wie selbstverständlich zu seinem Tagesablauf gehörte, verlor an Bedeutung. Immer häufiger stahl er sich davon und verbrachte die Zeit lieber mit Margot, lag mit ihr im Gras, stapfte mit ihr durchs Watt und schwamm an ihrer Seite im Meer. Auch wenn der Vater nichts sagte, spürte Onke seine Mißbilligung. Doch er ließ sich nicht beirren, verlebte mit Margot einen unbeschwerten Sommer und fühlte sich so frei wie nie zuvor.

Wenn sie auf dem Deich lagen und auf das Wasser schauten, schien ihm dieser nicht mehr wie eine grüne Einfriedung, sondern wie das Tor zur weiten Welt. Sie träumten von Reisen und Freiheit und Margot davon, ein Star zu werden. Oft stand sie auf der Kuppe, spielte mit leidenschaftlicher Gestik und Mimik Phantasieszenen mit wechselnden Rollen. Er sah ihr bewundernd zu. Ihre Leichtigkeit und Fröhlichkeit waren es, weswegen er sie liebte. Manchmal drängte sie ihn, zusammen romantische Abschiedsszenen zu spielen, doch neben ihr kam er sich blaß und plump vor. Und außerdem war es ja auch ganz schön hier. Wirklich Abschied zu nehmen – das konnte er sich nicht vorstellen.

„Ich möchte endlich einmal über's Meer bis an den Horizont fahren", sagte Margot eines Tages, als sie auf dem Deich saßen und einem großen Schiff in der Ferne nachschauten. Sie seufzte. Dann rief sie plötzlich: „Weißt du was, laß uns nach Amerika gehen." Sie sprang auf, nahm ihn an die Hand und zerrte ihn hinter sich her. Sie rannten über den Deich, bis sie völlig erschöpft innehielt. „Laß uns nach Amerika gehen", wiederholte sie keuchend und sah ihn mit leuchtenden Augen an. Er nickte bloß.

Onke hatte seinen Hof erreicht und überquerte das holprige Pflaster. Knarrend öffnete sich die Tür zum Stall, wo ihn leises Rascheln und Schnauben der Kühe empfing. Hier zwischen Liegeboxen und Futtertrögen, Melkstand und Weiden war sein Traum von der weiten Welt zu Ende gegangen. Dies war seine kleine Bühne. Jeden Tag die gleiche Vorstellung. Er kannte seine Rolle in und auswendig und hatte sich an sie gewöhnt. Ob sie ihm gefiel, danach fragte er nicht mehr. Sein Leben war weitergegangen, auch ohne Margot. Warum mußte sie jetzt auf einmal wieder in sein Leben treten und die Erinnerungen wachrufen?

Onke zog den Brief aus der Tasche. Ein Brief aus Amerika, der an diesem Morgen gekommen war. Mit großen runden Buchstaben waren sein Name und die Adresse auf den Umschlag geschrieben. Er las den Brief zum dritten Mal, ohne daß seine innere Unruhe nachließ. Der Brief war von Margot. In wenigen Tagen würde sie zu Besuch in Ostfriesland eintreffen und wollte ihn sehen. Ihre Worte waren noch genauso bestimmt wie damals. So als wäre nichts geschehen, so als lägen nur Wochen und nicht zwölf Jahre zwischen dem Heute und dem Tag ihres Fortgehens.

Onke lächelte und strich einer Kuh über den Rücken. Sein Groll, all die Vorwürfe, die sich damals in ihm angesammelt hatten, waren verblaßt. Der Wunsch, die Frau seines Lebens wiederzutreffen, überwog und überwältigte ihn plötzlich so sehr, daß er sich auf einen Strohballen sinken ließ und das Gesicht in den Händen vergrub.

Als er sich wieder gefaßt hatte, ging er ins Haus hinüber. Was sollte er Gerda sagen? Er klopfte die Stiefel ab, stellte sie im Flur nebeneinander auf die Matte, stieg in die Pantoffeln und trat in die Küche. Seine Frau saß am gedeckten Abendbrottisch und nähte. Er wich ihrem Blick aus, setzte sich und schenkte Tee ein.

„Ist was?“ fragte sie.

„Was soll sein?“

„Du strahlst so.“

„Ach ja?“ Ihre genaue Beobachtungsgabe verblüffte ihn mal wieder.

„Margot kommt.“ Er hatte es nicht sagen wollen, aber ihr stummer, fragender Blick entlockte ihm jedes Geheimnis.

Gerda ließ das Nähzeug sinken. Sie wußte von ihm und Margot, hatte sie gekannt und wie alle Mädchen heimlich bewundert für ihr Anderssein und ihren Mut. Doch daß sie einfach ohne Abschied verschwunden war, Heimat, Familie und alle Freunde hinter sich zurückgelassen hatte, als würden sie nicht mehr existieren, das hatte sie nie verstehen und verzeihen können.

„So", sagte Gerda tonlos.

„Sie hat mir geschrieben. Ich weiß nicht, was sie hier macht und wie lange sie bleibt. Sie will mich besuchen."

„Nach all den Jahren …" Gerda stand auf und lehnte sich mit verschränkten Armen gegen die Spüle. „Und du? Willst du sie sehen?"

Er hörte den Vorwurf in ihrer Stimme, aber auch eine leise Angst. Wäre Margot nicht weggegangen, hätte er Gerda wahrscheinlich nicht geheiratet. Das wußte sie.

„Ja", sagte Onke. „Es ist dir doch recht?" Warum fragte er um Erlaubnis? Es ärgerte ihn, daß er sich zu rechtfertigen begann. Er kam sich vor wie ein Schuldiger, der einen Seitensprung gesteht. Gerda rief oft in ihm den gleichen Drang zur Rechtfertigung hervor wie sein Vater.

„Mich interessiert, wie es ihr ergangen ist, was sie macht, wo sie lebt. Vielleicht ist sie eine berühmte Schauspielerin geworden, so wie sie es sich immer gewünscht hat.“ Er leerte seine Tasse mit einem Schluck und fügte hinzu: „Das ändert nichts zwischen uns. Ich weiß, wohin ich gehöre.“ Dann begann er, sich eine Scheibe Brot zu schmieren.

„Ach, Onke, ist das herrlich!“ Margot breitete die Arme aus und lachte. Sie war tatsächlich gekommen. Und es war ihr Wunsch gewesen, als erstes einen Blick über den Deich zu werfen. Als ob nicht all die Jahre das Meer zwischen ihnen gewesen wäre.

„Wie lange habe ich nicht mehr hier oben im Wind gestanden und über die Nordsee geschaut!“ rief sie und drehte sich mit ausgestreckten Armen ein paarmal um sich selbst, strahlend und anmutig.

Onke sah ihr lächelnd zu. Am liebsten hätte er sie an sich gezogen, umarmt und geküßt – wie damals. Sie war noch genauso schön und besaß noch immer diese Lebendigkeit, die ihn aufs Neue faszinierte. Aber er rührte sich nicht. Ihm war, als würde Gerda in seinem Rücken am Fenster stehen und sie beobachten.

Sie schlugen den Weg nach Westen ein, Richtung Siel. Während sie auf dem Deich nebeneinander herliefen, erzählte Margot, wie sie in New

York angekommen war, und mit welchen Schwierigkeiten sie anfangs in der Fremde zu kämpfen hatte, bevor sie ihren Platz fand und ein Gefühl von Zuhause entwickeln konnte. Onke hörte schweigend zu.

Plötzlich blieb Margot stehen und lehnte sich an seine Brust. „Weißt du noch, wie wir damals hier zusammenstanden?"

Zaghaft legte er seinen Arm um ihre Schulter und schloß die Augen. „Natürlich weiß ich das noch. Als wäre es gestern gewesen!"

„Stehst du noch manchmal hier oben und träumst?"

„Nein", antwortete Onke und blickte aufs Wasser hinaus. „Ich habe ausgeträumt."

Sie musterte ihn fragend. „Damals fing für uns die Welt hier an. Hinter dem Deich wartete die Freiheit!"

Onke zuckte die Schultern. „Freiheit … Meine Welt ist dieses Stück Marsch. Der Deich ist die Grenze."

„Die du jederzeit überschreiten könntest", widersprach Margot und drückte seinen Arm.

Er winkte ab. „Warum bist du einfach fortgegangen? Warum hast du dich nie gemeldet?"

„Weil es alles nur schwerer gemacht hätte. In den ersten Wochen habe ich zig Briefe an dich geschrieben, aber nie abgeschickt, weil mir klar wurde, daß ich loslassen mußte, um neues Land unter den Füßen zu gewinnen. Glaub nicht, daß mir die Entscheidung leicht gefallen ist, dich zu verlassen. Dich und die Heimat."

„Du hast dich gegen mich entschieden."

„Ich habe mich nicht gegen dich entschieden, nur für ein anderes Leben."

„In dem ich keinen Platz hatte."

„Sei nicht ungerecht. Ich könnte dir auch vorwerfen, daß du unsere Träume verraten hast und nicht genug Mut hattest, sie zu realisieren. Irgendwann habe ich begriffen, wie sehr du an den Hof gebunden warst – auch wenn du es nicht zugegeben hast. Deine Zukunft sah in Wirklichkeit anders aus, als die in unseren Träumen."

Onke starrte auf das graue Wasser der auflaufenden See. Wolken verdunkelten den Horizont. „Warum tauchst du jetzt plötzlich hier auf, nach so langer Zeit?" fragte er, löste sich abrupt aus der Umarmung und schaute sie eindringlich an.

Margot erwiderte seinen Blick. Sie schwieg eine Weile, dann sagte sie: „Weil ich dich nie vergessen konnte. Weder dich, noch dieses Land: die Marsch, den Deich, die Nordsee, das Watt … Es hat mir gefehlt. All die Jahre habe ich mich dagegen gewehrt und wollte nicht zurückschauen.

Aber die Erinnerung blieb so fest an mir haften …“

„Weil du nicht das große Glück gefunden hast, das du dir erhofft hast?“

Sie strich sich die Haare zurück, die ihr ins Gesicht geweht waren. „Ich führe drüben ein zufriedenes Leben. Weniger spektakulär, als ich es mir vielleicht erträumt habe. Aber doch ein anderes, als ich es in Ostfriesland jemals hätte haben können. Ob es hier besser gewesen wäre …“, sie zuckte die Schultern, „… ich weiß es nicht.“

„Und das versuchst du jetzt herauszufinden? Um dein Gewissen zu beruhigen? Um die vergangenen Jahre als Gewinn oder Verlust abzubuchen?“

Sie wandte sich ab und schloß die Augen. Der Wind spielte in ihrem Haar und ließ ihre Locken tanzen. „Es klingt vielleicht absurd, aber ich bin gekommen, um dich um Entschuldigung zu bitten.“ Ihr flüsternder Ton wurde fast vom Wind verschluckt. „Es tut mir leid, dich damals so verletzt zu haben. Ich will nicht die Vergangenheit zurückholen, deine Ehe in Gefahr bringen oder dein Glück in Frage stellen. Ich will nichts durcheinander bringen – nur um Verzeihung bitten.“

Onke packte sie plötzlich und preßte sie fest an sich. „Dabei hast du schon alles durcheinander gebracht“, murmelte er. Eng umschlungen standen sie im Wind, während die Wellen der Nordsee unaufhaltsam das Watt überfluteten.

Später saßen sie bei Onke in der Küche. Gerda hatte den Tisch gedeckt. Sie schnitt einen Kuchen an, schenkte Tee ein und setzte sich. Zum ersten Mal fiel Onke auf, daß sie bei der Hausarbeit eine Schürze trug.

„Kuchen?“ fragte Gerda an Margot gewandt.

„Ja, gern.“ Sie saß ungezwungen auf der Eckbank und ließ einen Arm über die Lehne baumeln. Ihr langes Haar fiel locker über die Schultern. Margots Augen folgten aufmerksam Gerdas Bewegungen, doch Onke suchte vergeblich nach Spott in ihrem Ausdruck. Was er fand, war Milde und Interesse.

„Danke, Gerda“, sagte Margot, nachdem diese ihr den Teller gereicht hatte. „Danke, daß ich hier sein darf.“

Gerda blickte sie kurz an, doch ihre Gesichtszüge blieben verschlossen. Statt dessen bedeutete sie Onke in scharfem Ton: „Hör endlich auf, in deinem Tee zu rühren!“ Erschrocken ließ er den Löffel sinken. „Du bist also tatsächlich Schauspielerin geworden?“

„Ja, ich habe ein Engagement an einer kleinen Bühne und fühle mich dort sehr wohl.“ Margot musterte Gerdas ungerührte Miene und fuhr nach einer Pause fort: „Aber ich bin nicht berühmt, meine Rollen sind eher zweitrangig. Und ich vermisse oft die Nordsee und die weite Marschlandschaft – falls es das ist, was du hören willst."

Gerda lachte auf. „Damals haben wir dich alle beneidet. Du hast den Schritt in eine andere Welt hingewagt. Unsere Träume flatterten dir hilflos hinterher, obwohl ja keiner wußte, was aus dir geworden ist." Gerda sprach leise. Doch plötzlich hob sich ihre Stimme: „Aber irgendwann war es mir egal. Egal, wo du bist, was du machst, wie es dir geht. Irgendwann haben sich meine Träume hier niedergelassen."

Onke schielte zu Margot und räusperte sich. „Und ich habe deine Träume wieder geweckt?" fragte diese nach einem Moment des Schweigens. Gerda schüttelte den Kopf. „Nein, nein. Ich bin glücklich hier – mit meinem Mann." Sie sah Onke an. Er hätte ihre Hand nehmen müssen, das spürte er, aber er tat es nicht.

Margot schlug ein Bein über das andere. Ihre weiblichen Formen traten deutlich unter dem Stoff ihres Kleides hervor, und Onkes Blick streifte flüchtig über ihren Körper.

Gerda schenkte Tee nach und sagte: „Du wärst dir ja doch zu schade gewesen, Kühe zu melken, zu füttern und einen Hof zu führen. Du hast dich schon immer für etwas Besseres gehalten!“

Onke zuckte zusammen, doch Margot erwiderte lächelnd: „Das stimmt nicht. Ich war nur anders. Und ich bin anders. Du behandelst mich wie eine Verräterin an der Heimat, nur weil ich als eine von ‚euch‘ nicht euer Landleben teile. Du kannst mir nicht vorwerfen, daß du dich für den Hof geopfert hast!“

„Schluß jetzt!“ Onke erhob sich. „Schluß mit den Vorhaltungen.“

Gerda sah aus dem Fenster.

„Ich glaube, es ist besser, wenn ich jetzt gehe“, sagte Margot, stand auf und nahm ihre Tasche. „Leb wohl, Gerda.“ Ohne eine Erwiderung abzuwarten, trat sie aus der Küchentür hinaus auf den Flur. Onke folgte ihr.

„Margot …“

„Es muß dir nicht leid tun“, beruhigte sie ihn.

Er begleitete sie hinaus über den Hof zu ihrem Auto. „Willst du wirklich schon gehen?“

Sie nickte und warf einen letzten langen Blick über das Land, als wollte sie den Eindruck tief in sich aufsaugen. Plötzlich deutete sie auf die Kühe auf der Weide. „Ich wette, sie haben immer noch nicht das Meer gesehen!“

Onke lachte. „Nein. Ihr Platz ist nun mal hier hinterm Deich."

„So wie deiner", sagte Margot und sah ihn liebevoll an. Er zuckte die Schultern und scharrte mit dem Fuß im Schotter der Hofauffahrt.

„Es war schön, dich wiederzusehen, Onke."

„Wie lange bleibst du noch im Lande?"

„Ein paar Tage. Mein Flug geht am Donnerstag."

„Wirst du einmal wiederkommen?"

„Bestimmt. Heißt es nicht, jeder Ostfriese kehrt eines Tages in die Heimat zurück? Aber noch ist die Zeit nicht gekommen." Margot ergriff seine Hand, die groß und schwer zwischen ihren schlanken Fingern ruhte, und drückte sie fest. „Auf Wiedersehen, Onke."

„Margot ..."

Doch sie ließ ihm nicht die Zeit, nach passenden Worten zu suchen, stieg in ihr Auto und startete den Motor. Zaghaft hob er die Hand, als sie mit ausgestrecktem Arm aus dem Fenster winkte und vom Hof fuhr. Noch lange blieb er stehen und sah dem Auto nach, wie es sich über die Straße entfernte.

Schließlich wandte er sich um. Gerda stand am Fenster. Ohne ein Wort verließ Onke den Hof und begab sich mit großen Schritten den Weg hinunter zum Deich. Atemlos erreichte er die Kuppe. Es war Flut. Der Wind blies kräftig von See her und trieb den Geruch der Salzwiesen zu ihm hinauf. Der Horizont erschien ihm näher als sonst. Eine Sekunde überlegte er, die Koffer zu packen.

Dann drehte er sich um und ließ den Blick über die Marschlandschaft streifen, die sich wie eine grüne Ebene nach Süden hin erstreckte. Weiden, so weit das Auge reichte, durchzogen von Gräben. Hier und da ragten einige Höfe aus der flachen Umgebung. Auch sein Hof. Und als er ihn dort liegen sah, umgeben von hohen alten Bäumen, in die Weite der grünen Marsch geschmiegt, erschien er ihm mit einem Male wie eine Oase. Seine Oase. In einem Land, das seine Heimat war, so überschaubar es auch sein mochte. Und der Deich war nicht nur Grenze, sondern auch Sicherheit. Ein Stück Identität. Sein Horizont.

Eine tiefe Ruhe begann Onke zu erfüllen. Nach einer Weile kehrte er langsam zurück nach Hause. Gerda wartete auf ihn.

Bittere Zeiten

Daß Ostfriesland ein Land der Teetrinker ist, wissen die meisten. Was sich aber einst hinter den Fassaden der roten Backsteinmauern im Schein geblümten Teegeschirrs zutrug, das wissen nur wenige.

Es war zu einer Zeit, als der Teekonsum im Lande immer beliebter wurde. Zunehmende Importe aus Indien und die speziellen Ostfriesenmischungen der großen Handelshäuser *Onno Behrends, Thiele und Bünting* sorgten für eine wachsende Nachfrage und die Verbreitung der Teekultur bis in die abgelegendsten Gebiete des norddeutschen Flachlandes. Wöchentlich kamen die großen Schiffe aus Übersee in die Häfen von Emden und Wilhelmshaven und brachten die Kisten mit der kostbaren Fracht. Ostfriesischer Tee war in aller Munde!

Nachdem die Händler ihr Geschäft gewittert hatten, versuchten sie mit allen Mitteln, den ostfriesischen Markt der Kolonialwaren vollständig zu erobern. Mit besonders günstigen Preisen und aggressiven Werbestrategien verdrängten sie mehr und mehr die Konkurrenten, lockten mit Prämien, gesundheitsfördernden Versprechen und erklärten Tee eigenmächtig zum Nationalgetränk.

Die Teekultur in Ostfriesland boomte, doch es war eine erzwungene. Der Großteil der Bevölkerung merkte gar nicht, daß er vollkommen in den Einfluß der großen Handelsunternehmen geriet.

Dennoch, in einigen Küchen dampfte im Schein dämmrigen Lichts noch etwas anderes in den Tassen: Ein schwarzes Gebräu mit herbem Geschmack aus gemahlenen Bohnen, die nicht aus Indien, sondern Afrika und Südamerika stammten: Kaffee!

Um diese geschmacklichen Abwege zu unterbinden und auch die letzten abtrünnigen Bürger zu bekehren, gingen die Teebarone schließlich so weit, daß sie durch Bestechung der regierenden Landesherren ein Handelsverbot von Kaffee durchsetzten. Der Hafen wurde Sperrzone. Jeglicher Import und Besitz der schwarzen Bohnen stand fortan unter Strafe. Überall mußte man Spitzel der Teekonzerne befürchten, die die Einhaltung des Verbotes kontrollierten und bei Verstößen hart durchgriffen.

Langsam verebbten die letzten Reserven an Kaffee.

Die meisten Menschen gewöhnten sich an das eingeschränkte Angebot und gaben sich mit der Abwechslung der Teesorten zufrieden. Doch einige begehrten auf. Ihr Durst nach dem schwarzen

Gebräu versiegte nicht, und angesichts des Mangels an Kaffee und des zunehmenden Einflusses der Teehändler, begann ihr Mißmut zu wachsen. Sie wollten sich nicht der Vereinheitlichung des Geschmacks unterwerfen und weigerten sich, Tee zu konsumieren.

Aber die Versuche, heimlich an Kaffee zu gelangen oder ihn gar zu schmuggeln, erwiesen sich als vergeblich. Die großen Schiffe waren ausschließlich mit Tee beladen. Es war unwahrscheinlich, daß sich Kaffee an Bord befand. Zudem wurde die Ware von den Zollbeamten so genau kontrolliert, daß nicht eine Kaffeebohne über den Kai hätte gelangen können. Auch die Kontrollen an den Grenzen und Ausfallstraßen Ostfrieslands waren so scharf, daß es keinem gelang, Kaffee ins Land zu bringen. Und da die benachbarten Regionen ebenfalls schon unter dem Einfluß der ostfriesischen Teebarone standen, blieb bald als einzige Möglichkeit nur noch, ins Ausland zu reisen, wenn man eine Tasse Kaffee trinken wollte.

Der Protest, der sich bei einigen Bürgern regte, war aus Angst vor Bestrafung nur ein leiser Widerstand, ein innerlicher Zorn über die Unterdrükkung, und wurde, je länger er vor sich hin gärte, immer bitterer.

So ging die Zeit ins Land. Bis eines Tages unerwartet zwei Säcke Kaffee zwischen den Teekisten an Bord eines Frachtschiffes auftauchten. Und es muß als Glücksfall betrachtet werden, daß nicht irgendein Zollbeamter sie entdeckte, sondern Herbert Tjarks. Der fand sie hinter einem Haufen Taue, ob vergessen oder versteckt sei dahingestellt, öffnete einen neugierig – und schloß ihn sofort wieder, erschrocken und erregt zugleich. Der kurze Anblick der schwarzen Bohnen hatte gereicht, um ihm den Duft des Kaffees in die Nase steigen zu lassen und die Erinnerung an den herrlichen Geschmack seines ehemals liebsten Morgengetränkes wachzurufen.

Er sah sich um. Er witterte die drohende Gefahr, aber das Verlangen nach dem entbehrten Gut war größer. Sich vergewissernd, daß niemand ihn beobachtete, schulterte Tjarks die beiden Säcke und versteckte sie an einem sicheren Ort, um sie abends im Dunkeln unbemerkt nach Hause zu schaffen. Als er hinter verschlossenen Türen und Fenstern die schwarzen Bohnen durch die Finger rieseln ließ, war ihm, als würde ihm Gold durch die Hände gleiten.

Einen Sack verbarg er unter den Bettlaken in der alten Truhe im Schlafzimmer, den anderen in der Stube hinterm Sessel.

Er röstete und mahlte eine große Portion Bohnen und füllte das Pulver für den direkten Gebrauch in eine leere Teepackung. Voller Hohn betrachtete er das Etikett, das darauf klebte: *Thiele Silber*. Er dachte: Von wegen, Kaffee schwarz!

Dann braute er sich eine gute Menge und trank sie. In jener Nacht konnte er lange nicht schlafen, was weniger auf die Angst, entdeckt zu werden, als auf den ausgiebigen Kaffeegenuß zurückzuführen war.

Am nächsten Tag lud er seine besten Freunde Jan, Benno und Hinnerk zum „Tee" ein.

„Ich hab hier eine ganz feine Sorte", sagte Herbert lächelnd, als sie alle bei ihm in der Küche versammelt waren, und nahm die Packung mit dem falschen Inhalt aus dem Schrank. Jan winkte ab. „Ach, schmeckt doch alles gleich."

„Von wegen! Wenn ich euch doch sage, daß das was ganz Besonderes ist!" flüsterte Herbert und hielt Jan das Paket unter die Nase.

„Junge!" rief dieser erstaunt und fuhr auf seinem Stuhl herum. „Was ist denn das? Das riecht ja wie …"

„Kaffee! Genau."

Alle schauten ihn ungläubig an. „Wo hast du den denn her?" fragte Benno und riß Herbert die Tüte aus der Hand, um auch daran zu riechen.

Herbert lächelte geheimnisvoll, brühte in aller Ruhe den Kaffee auf und erzählte seinen Freunden dann von dem zufälligen Fund.

Als die große Kanne leer war, schlürfte Benno seine Tasse bis auf den letzten Tropfen aus und seufzte tief. Hinnerk saß nur da und schüttelte den Kopf. Und Jan lehnte sich zurück und murmelte: „Dieser Geschmack auf der Zunge – phantastisch! Ich wußte gar nicht mehr, wie gut das schmeckt."

Plötzlich haute Benno auf den Tisch. „Wir dürfen uns das nicht länger bieten lassen! Die Teekonzerne beherrschen den ganzen Markt, und die Leute kaufen brav ihr Zeug. Ich kann das Gesöff nicht mehr sehen! Lieber trinke ich Grabenwasser."

„Genau", rief Jan. „Es muß endlich gehandelt werden. Wir haben ein Recht auf die freie Entscheidung, was wir trinken wollen!"

„Wißt ihr was?" Benno beugte sich weit über den Tisch. „Wir gründen einen Geheimbund, einen Bund für den Erhalt ostfriesischer Kaffeekultur, und mobilisieren die Bevölkerung zu einem öffentlichen Protest."

„Ja, aber bei öffentlichen Aktionen hast du doch gleich die Teespione an den Hacken", gab Jan zu Bedenken. „Dann sind wir dran!"

Benno überlegte kurz. „Dann müssen wir eben einen Protest aus dem Untergrund organisieren. Ich habe auch schon eine Idee: Wir bringen heimlich Kaffee in Umlauf, um die Leute wieder auf den Geschmack zu bringen. Wenn wir Glück haben, entsteht dann von ganz allein eine Widerstandsbewegung."

„Subversiv, sozusagen", warf Hinnerk ein.

„Genau. Und wenn wir anonym bleiben, kann uns auch so schnell keiner auf die Schliche kommen."

Die Freunde jubelten und betranken sich die halbe Nacht mit Kaffee. Selbst Herbert räumte seine anfänglichen Zweifel und sein Rechtsbewußtsein als Beamter beiseite. Immerhin galt es, das eigene Volk vor dem Untergang in schwarzem Tee zu retten.

Schon am nächsten Abend liefen die Vorbereitungen für ihre Aktion an: sie rösteten und mahlten Kaffeebohnen, füllten Pulver in kleine Päckchen ab und schrieben Botschaften. Wenige Tage später begannen sie, die verbotene Ware unters Volk zu verteilen. Sie besuchten Freunde, Bekannte, Nachbarn und Verwandte und hinterließen jedes Mal unauffällig ein kleines Päckchen mit Kaffee, das einen Zettel mit dem anonymen Hinweis enthielt: *Achtung! Geheimes Gut. Vor-*

sicht bei der Zubereitung. Genießen und weitersagen. Aktion: Bohne kontra Blatt. Der Bund für den Erhalt ostfriesischer Kaffeekultur (BuKaKu).

Nach und nach gewannen sie Verbündete in allen Teilen des Landes, und es bildete sich ein Netz aus Freiwilligen, die halfen, in möglichst vielen Haushalten Kaffee einzuschmuggeln – mal als vermeintliches Geschenk eines Vertreters, mal als Wurfsendung im Briefkasten.

Die Empfänger der anonymen Päckchen reagierten im ersten Augenblick meist erschrocken über den Inhalt. Immerhin handelte es sich um etwas Verbotenes! Das anfängliche Mißtrauen wich jedoch schon bald einer freudigen Erregung, und wenn nach gründlicher Prüfung von Geruch und Konsistenz kein Zweifel mehr an der Echtheit des Produktes bestand, wurde das lang entbehrte Getränk ausgiebig genossen. Und mit dem Dampf des heißen Kaffees stieg auch die wachsende Erkenntnis über die Macht und Monopolstellung der Teebarone aus den Tassen auf.

Die nun folgenden Ereignisse zeigten Herbert und seinen Freunden, daß die Aktion ihre Wirkung nicht verfehlte: Der Teekonsum ging zurück. Die geringe Menge des im Umlauf befindlichen Kaffees kompensierte zwar bei weitem nicht den sinkenden Verbrauch, doch offensichtlich realisierten viele endlich die Unterdrückung und entschieden sich bewußt, ihr aufgezwungenes Nationalgetränk zu boykottieren.

Die Teekonzerne gerieten in Aufruhr. Sie ahnten, daß irgend etwas ihrem Produkt Konkurrenz machte. Sie verschärften die Kontrollen und sandten Spione in die Haushalte, um die Gründe für die sinkende Nachfrage zu erforschen, doch nirgends wurde auch nur ein Gramm Kaffee entdeckt. Denn die findigen Ostfriesen beugten vor. Um bei unerwarteten Kontrollen sicher zu sein, wurde der Kaffee stets gut versteckt, Kaffeesatz in Gräben und Beeten entsorgt und verräterischer Geruch rechtzeitig durch entsprechende Duftwässerchen getilgt. Und so tappten die Spione im Dunkeln. Das einzige, was sie bemerkten, war eine zunehmende Feindseligkeit ihnen gegenüber. Es kam immer öfter vor, daß man ihnen den Zutritt verwehrte, und die Zeiten, in denen man sie zum Tee einlud und gemeinsam plauderte, waren auch vorbei. Bald gingen einige Bürger sogar so weit, daß sie die Konfrontation nicht mehr scheuten, weit die Fenster ihrer Häuser öffneten und den Kaffeeduft als stilles Bekenntnis ins Land hinausströmen ließen.

Die Anhänger des Geheimbundes verteilten unbeirrt weiter die Päckchen – heimlich und unerkannt. Doch nach zwei Monaten waren die Kaffeesäcke leer. Nicht eine einzige Bohne war noch übrig (bis auf eine, die Herbert Tjarks frühzeitig beiseite gelegt hatte und sie in einem kleinen Schächtelchen in seinem Nachtschrank als Erinnerung verwahrte – man konnte ja nie wissen …). Zu ihrer großen Freude dauerte der Teeboykott an. Ein leiser, aber eindeutiger Protest. Die Ostfriesen waren sich einig.

Als die Nachfrage immer weiter sank und der Handel fast vollständig zusammenzubrechen drohte, forderten die Teebarone von der Regierung, einen Krisenstab einzurichten. Unter den Landesherren mehrten sich die Stimmen, eine begrenzte Einfuhr von Kaffee zuzulassen, doch davon wollten die Handelsriesen nichts hören und sprachen von der Verschwörung einer Minderheit, die die Einheit der Ostfriesen und ihre Teetradition unterlaufen wollte.

„Aber die Bürger sind sich einiger denn je!“ rief der oberste Minister des Landes. „Wir riskieren eher einen Volksaufstand!“ Er ließ sich nicht mehr durch wirtschaftliche Versprechungen beschwichtigten. Ungeachtet aller Angebote seitens der Teebarone über öffentliche Investitionen in Millionenhöhe, verweigerte er ihnen seinen Gehorsam und setzte die Aufhebung des Kaffeeverbotes durch.

Dahinter steckte in Wirklichkeit mehr, als die vermeintliche Angst vor einer Rebellion. Grund war auch die eigene Kaffeeleidenschaft des Ministers und die anhaltende Entbehrung seines Lieblingsgetränkes. Sein Vorrat, den er durch Schmuggelware in regelmäßigen Abständen gesichert hatte, war versiegt. Denn die letzten beiden Säcke waren aus ungeklärten Gründen verschwunden, ehe sein Vertrauter, ein Kollege von Herbert Tjarks, die Ware hatte sichern können.

Die Teebarone mußten sich fügen, der öffentliche Druck war zu groß. Der in der Folge wieder auflebende Kaffeehandel beflügelte die Ostfriesen. Begeistert über ihren Erfolg, feierten sie rauschende Dorf- und Stadtfeste, auf denen natürlich Kaffee in Strömen floß.

Obwohl zunächst der Teehandel weitere Verluste hinnehmen mußte, beruhigte sich die Marktsituation bald. Der Boykott fand ein Ende, und die Nachfrage nach Tee stieg langsam wieder an, während der Kaffeekonsum sich auf einem normalen Niveau einpendelte. Denn durch die freie Verfügbarkeit und Wahlmöglichkeit, verlor der Kaffee sein Aroma des Besonderen und der Tee seinen bitteren Beigeschmack.

Nach einiger Zeit besannen sich die Ostfriesen wieder auf ihre Tradition. Seit Generationen pflegten sie das Teetrinken und wollten es bewahren. Und so wurde der Tee schließlich doch zum Nationalgetränk – auf freiheitlicher Basis. Sein Dampf strömt bis heute durch die Küchen Ostfrieslands wie eine Verheißung.